国家出版基金项目
NATIONAL PUBLICATION FOUNDATION

古代西南少數民族漢語詩文集叢刊·回族與土家族卷

總主編　徐希平
分卷主編　孫紀文
分卷副主編　王猛　楊學娟　丁志軍

巴蜀書社

馬悔齋先生遺集

〔清〕馬汝爲　撰
李小鳳　整理

圖書在版編目(CIP)數據

馬悔齋先生遺集/(清)馬汝爲撰;李小鳳整理.
成都:巴蜀書社,2024.12.—(古代西南少數民族漢語詩文集叢刊·回族與土家族卷/徐希平總主編;孫紀文分卷主編).—ISBN 978-7-5531-2307-3

Ⅰ.I214.92

中國國家版本館 CIP 數據核字第 2024GX9981 號

MAHUIZHAI XIANSHENG YIJI

馬悔齋先生遺集

(清)馬汝爲　撰;李小鳳　整理

策劃編輯　張照華
責任編輯　張照華　張紅義　白亞輝
責任印製　谷雨婷　田東洋
封面設計　木之雨
出　　版　巴蜀書社
　　　　　(成都市錦江區三色路 238 號新華之星 A 座 36 樓
　　　　　郵編區號 610023)
　　　　　總編室電話:(028)86361843
網　　址　http://www.bsbook.com
　　　　　發行科電話:(028)86361856
經　　銷　新華書店
照　　排　成都木之雨文化傳播有限公司
印　　刷　四川宏豐印務有限公司(028)84622418　13689082673
成品尺寸　170mm×240mm
印　　張　11.25
字　　數　200 千
版　　次　2024 年 12 月第 1 版
印　　次　2024 年 12 月第 1 次印刷
書　　號　ISBN 978-7-5531-2307-3
定　　價　100.00 元

古代西南少數民族漢語詩文集叢刊

回族與土家族卷主編

孫紀文

回族與土家族卷副主編

王　猛　楊學娟　丁志軍

回族與土家族卷編委會（參與整理人員）

孫紀文　王　猛　楊學娟　丁志軍　李小鳳　左志南　梁俊杰　彭容豐

凡　例

一、整理工作主要包括標點、校勘、輯佚、補遺等方面，除特殊情形需要説明外，一般不作注釋。部分詩文集於正文後增列附録，以利研究。

二、整理後的各集一般沿用原書名及原有編輯體例。有多個子集而無全集者，由整理者根據通行原則命名和編排；集名、體例不明者，由整理者確定體例，并根據通行原則重新命名。

三、各卷依據詩文集篇卷多寡確立分册。篇卷多者，可分多册；篇卷少者，可多人合册。

四、叢書統一采用繁體豎排，新式標點。

五、校勘工作主要對底本中的訛、脱、衍、倒作正、補、删、乙。校記置於篇末，記録异文及校改依據，一般不作考證，力求簡明。

六、俗體字、舊字形及顯見的刻抄錯誤，徑改而不出校。常見异體字不作改動，極生僻的异體字改爲規範字，必要時出校記予以説明。

古代西南少數民族漢語詩文成就及其意義（代序）

中國文學歷史悠久，少數民族文學同樣源遠流長。少數民族文學既有母語文學作品，又有大量的漢語文學作品，都是中華文學的寶貴遺産。早期的少數民族漢語詩文作品，或是少數民族作者直接用漢語創作，或是以本民族語言創作而翻譯成漢語并得以流傳。

中國西南地區族别衆多，少數民族文學成就巨大，但較少爲外界所知，這與其實際成就極不相符。抗戰時期，聞一多先生在參加湘黔滇旅行團指導采風活動時，尤其是在欣賞彝族舞蹈後認爲：『從那些民族歌謡中看出了中華民族的强旺生命活力，這種大有可爲的潛力還保存在當今少數民族之中。』爲此，他曾計劃寫一篇文章，標題下注明了發人深思的要點——『不要忘記西南少數民族』[一]，作出中國文學的希望在西南的判斷。其後，學界日漸重視西南民族文學和文化的研究，成果豐碩。

[一] 鄭臨川：《聞一多先生的中華民族文學觀》，《西南民族學院學報》二〇〇〇年第五期。

早在漢代，西南地區就與中原交往密切，武帝時期開發西南夷，司馬相如爲此積極奔走。蜀郡守文翁在四川開辦學校，以儒家思想教化百姓。漢唐時期，西南地區文學進入中華文學視野，且占有重要地位，所謂『蜀之人無聞則已，聞則傑出』。司馬相如、揚雄、王褒皆爲漢賦大家，陳子昂開闢唐詩健康發展之路，『繡口一吐，便是半個盛唐』的詩仙李白將詩歌帶到盛唐的頂峰。在這個大背景下，西南地區少數民族詩文創作也同樣被載入史册。東漢時期古羌人著名的《白狼歌》堪稱少數民族詩文最早的代表。據《後漢書·南蠻西南夷列傳》記載，東漢明帝永平（五八—七五）年間，居住在筰都一帶的『白狼、盤木、唐菆等百餘國，户百三十餘萬，口六百萬以上，舉種貢奉』，成爲祖國大家庭的一員。在與東漢王朝的交往中，少數古羌部落的首領創作了一些詩歌作品。其中，被譯爲漢文并傳至今日的就有著名的《白狼歌》（包含《遠夷樂德歌》《遠夷慕德歌》《遠夷懷德歌》），成爲中華民族團結、文化交融的經典之作。詩歌之外，還有少量散文作品，如三國蜀漢名臣姜維的書表，也可以視爲西南羌人的漢語創作。

我國西南本來就是多民族地區，氐、羌、藏、漢文化交流源遠流長。二十世紀八十年代初，馬學良主編《中國少數民族文學作品選》，全書共五個分册，共收入五十五個少數民族古今民間文學和文人文學作品六百餘篇，是新中國首部少數民族文學總集，影響深遠。其書序中寫道：

『回族、滿族、白族、納西族等，也早已產生了本民族的用漢文寫成的作家文學。』[一] 其中南詔著名詩人楊奇鯤的《途中詩》，是該書所收録的最早的作家文學作品。該詩收録於《全唐詩》。楊奇鯤還有另一首題作《岩嵌緑玉》的詩，收録於《滇南詩略》。

除楊奇鯤外，南詔國王驃信作的《星回節游避風臺與清平官賦》和朝廷清平官趙叔達《星回節避風臺驃信命賦》二詩不僅韻律和諧，且頗近於隋唐王朝君臣同賦或大臣應制之作。兩詩與稍後的大長和國布燮（宰相）《聽妓洞雲歌》等呈現出西南地區烏蠻族漢語詩文創作之盛。此數詩亦皆被《全唐詩》收録。

據《舊唐書·吐蕃傳》載，貞觀十五年（六四一），松贊干布向唐太宗請求聯姻，文成公主出嫁吐蕃，吐蕃開始『釋氈裘，襲紈綺，漸慕華風；仍遣酋豪子弟，請入國學以習詩書』，又請唐朝『識文之人典其表疏』，漢藏交流十分密切。唐中宗時，吐蕃又遣其大臣尚贊吐、名悉獵等來迎娶金城公主。名悉獵漢學造詣頗高，《舊唐書·吐蕃傳》説他『頗曉書記』，『當時朝廷皆稱其才辯』，皇帝還給與特殊禮遇，『引入内宴，與語，甚禮之，賜紫袍金帶及魚袋』等。特别值得一提的是，他還參與中宗和大臣之間的游戲及詩歌聯句等文字娱樂活動。景龍四年（七一〇）正月五日，中宗移仗蓬萊宫，御大明殿，會吐蕃騎馬之戲，因重爲柏梁體聯句，當

[一] 馬學良主編：《中國少數民族文學作品選》，上海文藝出版社，一九八一年，第一頁。

君臣聯句將畢之時，名悉獵主動請求授筆，以漢語來了一個壓軸之句。其所作『玉醴由來獻壽觴』，不僅表意準確，而且合於格律、平仄、韻脚，相較前面唐朝漢臣所作毫不遜色，令衆人刮目相看[二]。其詩至今仍保存在《全唐詩》中[三]，留下了最早的古代藏族人漢語詩文創作的珍貴文獻記録，也成爲少數民族漢語詩文創作的典型史料。

晚唐五代時期，回族先民梓州詩人李珣、李舜絃兄妹，漢語詩文創作成就甚高。李珣著有《瓊瑶集》，雖已佚，但仍存詞五十四首。作爲少數民族詩人，李珣得以躋身《花間集》西蜀詞人群，十分耀眼。李舜絃作爲蜀主王衍昭儀，有《蜀宫應制》等詩。這些均顯示出西南地區民族文學漢語創作的成果。

宋遼金元時期，西南地區與各地少數民族漢語詩文創作都有了進一步發展。居住在四川成都的鮮卑族後裔宇文虚中及其族子宇文紹莊堪稱代表。宇文紹莊有《八陣圖》等詩傳世。西南大理國白蠻貴族的漢語修養很高，段福爲國王段興智叔父，創作有《春日白崖道中》等詩作，大理國亡時，曾奉元世祖命歸滇統領軍事。元末大理總管段功之妻阿蓋公主本爲蒙古族，所作《愁憤詩》書寫其與段功的愛情，情感真摯，是他們凄惻動人愛情悲劇的原始記載。

[二]（後晉）劉昫：《舊唐書》，上海古籍出版社，一九八六年，第六二七頁。

[三]（清）彭定求編：《全唐詩》，上海古籍出版社，一九八七年，上册，第二五頁。

明清時期，少數民族漢語詩文創作有了極大的發展，不僅作家數量倍增，而且有了大量的個人詩文集傳世。中國社會科學出版社二〇一四年出版的多洛肯《元明清少數民族漢語文創作詩文叙録》著録極爲翔實，大略統計古代西南地區各少數民族作家漢語文集上百家，雖然亡佚不少，但現存的也還有至少八十餘家，其中不乏一些在全國有較大影響的作家，還有許多屬於文學家族。如納西族木府土司木公、木增家族，木公有《隱園春興》《雪山庚子稿》《萬松吟卷》《玉湖遊録》等；雲南白族趙藩爲著名的『武侯祠攻心聯』作者，有《向湖村舍詩》（初、二、三集）；貴州布依族作家莫友芝被稱爲西南巨儒，有《莫友芝詩文集》等。但目前僅有少量的作家文集被整理過，大多數尚未整理，這極不利於對少數民族文學成就的認識、評價和深入研究。近年出版的一些大型叢書，如上海古籍出版社二〇一〇年出版的《清代詩文集彙編》（四千餘種），國家圖書館編、國家圖書館出版社二〇一七年出版的《清代詩文集珍本叢刊》（一千三百六十七種），收録清人别集數量十分可觀，但少數民族漢語詩文集數量有限。其中一個重要原因便是少數民族漢文資料總體上較爲零散，古代西南少數民族漢文别集尤其難覓，缺乏整理。因此，有必要對相關情况予以探討，以便於進一步的整理研究。

西南少數民族漢文文集文獻整理和研究，已取得一定成果，但總體而言，相關研究還是較爲薄弱。無論是稿本、抄本還是刻本，多未揭示和整理，散於各處，既不利於深入研究分析和總體評價，也不利於民族文獻的保護和傳承，需要整合力量，加大力度發掘整理、搶救保護。

西南地區的少數民族中，大約有白族、納西族、彝族、回族、土家族、布依族、侗族等九個民族有漢語詩文集，其中尤以白族、納西族、彝族和回族較多，其詩文集主要留存情况如下。古代白族作家現有二十四人近四十多部詩文别集存世，大概有近二百五十萬字的文學作品。納西族詩人及文集，明代主要是木府家族。首先是木公（總八百七十三首），其次爲木增，此外是木青，有《玉水清音》。清代則有楊竹廬、桑映斗等二十餘家納西族詩文集。彝族詩文集較多，主要有左正、左文臣、左文象、左嘉謨、左明理、左世瑞、左廷皋、左章照、左章曬、左熙俊等左氏詩文集，高光裕、高奣映、高厚德等高氏詩文集，余家駒、余珍、余昭、余一儀、余若瑔等余氏詩文集，還有魯大宗、禄洪、李雲程、安履貞、黄思永詩文集，等等。回族作家作品比較多，有沐昂、馬之龍等十餘家詩文集。土家族、羌族、布依族、苗族、侗族作家數量雖不多，但有的影響不小，如莫友芝、董湘琴等，都值得深入研究。此外還有少量少數民族作家文集已散佚，如前面提到的宋金時期的宇文虚中等。

西南各民族漢文别集文獻整理與研究具有十分重要的學術價值和深遠的現實意義。西南各少數民族伴隨着中華民族繁衍交融的足迹生生不息，豐富的少數民族文學不僅是中華民族文學寶庫中不可分割的一部分，更藴藏着其歷經憂患却綿延堅韌、不失特色的生存密碼。西南地區各族文學不僅與漢文學關係密切，而且各民族文學亦互相滲透和影響。如被譽爲明代著述第一人的四川著名詩人楊慎後半生基本居住於雲南，他不遺餘力地推薦、介紹木公等雲南作家，對西南民族地區文化交流傳播和漢語詩文創作起到了促進作用。由此也可以探討中華多民族文學相互影響和促進發展的過程與普遍規律，同時對各民族對漢語的巨大貢獻，以及漢語文包容多元文化、作爲多民族文化内涵載體的特性和凝聚各民族智慧結晶重要價值等也會有新的認識。中共中央辦公廳、國務院辦公廳於二〇一七年一月二十五日印發《關於實施中華優秀傳統文化傳承發展工程的意見》，指出文化是民族的血脉，特别提到要加强少數民族語言文字和經典文獻的保護和傳播，做好少數民族經典文獻和漢族經典文獻的互譯出版，實施中國民間文學大系出版等工作。因此，全方位清理整合西南各民族漢文别集文獻，對於民族文學史料學學科建設和民族文化保護工作，尤具有特殊的意義。這對增進世人認識瞭解豐富的民族文化與文學成就，搶救和保護民族文化資源，探索民族文學繁榮發展的有效途徑，促進中華民族團結與現代社會和諧發展，都具有十分重要的學術和應用價值。

有鑒於此，我們組織申報了《古代西南少數民族漢語詩文集叢刊》國家社科基金重大招標項目，并獲得立項。本課題首次對西南少數民族漢文文學文獻做了全面系統深入的爬梳、搜集和整理研究，展現其創作成就，説明少數民族文學創作與漢文學之間密不可分的内在聯繫和交叉影響，展示其對中華文化的突出貢獻，并以其依托漢文傳承文化的富有典型意義的綿延發展歷程，爲民族文化保護提供借鑒，也爲中國古代民族文獻整理和當代文學繁榮發展探索有效途徑。

課題目標主要是提供最爲全面的西南少數民族漢語詩文集，爲進一步研究奠定基礎，加深對『一帶一路』背景下南絲綢之路和茶馬古道區域内各民族文化交融的認識，發揮保護和搶救民族文化遺産的重大社會效益。

西南各民族文獻現存情况較爲複雜，各族别文集數量差异較大，極不平衡，文集版本也很混亂。除少量文集當代曾初步整理之外，大多僅存清代或民國刻本，還有一些爲稿本和手抄本，大多不爲外界所知，主要散見於西南地區各圖書館和私人手中。同時，各家文集普遍存在作品收録不全的情况。課題涉及面廣，困難不少。别集的普查，作品的輯佚、校勘，部分古代作家族别歸屬的認定，文字的考訂等，都是課題難點所在。對於各種學術争論歧説，我們本着嚴謹的科學態度，不武斷，不盲從，盡力作實事求是的考辨，力求言之有據，推動學術進步。在此基礎上盡力做成最完善、最全面、集大成的西南少數民族漢語詩文文獻叢刊。

按照歷史區域文化概念，我們原則上搜集詩文的地域主要包括今四川、雲南、貴州、重慶和西藏五省區（不含廣西地區），時間一般爲清末以前，作者身份判别根據出生地、籍貫、歷史淵源、習慣定勢等因素進行綜合考量。每種文集皆校勘標點，并附簡短的叙録。根據各族文集存佚數量情况分爲白族卷，納西族卷，彝族卷，回族與土家族卷，羌族、苗族、布依族、侗族及其他各族卷等五個分卷，分别由西北民族大學多洛肯教授，麗江師範高等專科學校楊林軍教授，西南民族大學曾明、孫紀文、王菊教授擔任子課題負責人。湖北民族大學文學與傳媒學院丁志軍博士除承擔土家族相關詩文集的搜集整理工作外，還參與了點校凡例的起草與修訂。寧夏大學和西南民族大學古代文學、古典文獻學專業的部分教師和碩、博士研究生也參與了課題研究。巴蜀書社張照華先生自課題開題即全程參與，認真審讀書稿，提出許多建設性意見。中國社會科學院學部委員、文學研究所所長劉躍進研究員，國家圖書館原館長詹福瑞教授，《民族文學研究》原主編湯曉青研究員，中國社會科學院民族學與人類學研究所聶鴻音研究員，教育部『長江學者』特聘教授、西北大學李浩教授，教育部『長江學者』特聘教授、北京大學廖可斌教授，西華師範大學伏俊璉教授，福建師範大學郭丹教授，四川師範大學趙義山教授等著名學者給予本課題精心指導和熱情鼓勵。在此謹對付出辛勞和提供支持與幫助的所有朋友致以最誠摯的謝意。

由於各種主客觀條件所限，本課題難免存在一些不足，版本的選擇及文字的校勘等也不盡如人意，希望能够得到專家的批評指正。

徐希平

二〇二〇年十月三十一日於西南民族大學武侯校區宿舍

分卷前言

二〇一七年，由徐希平先生主持申報的課題《古代西南少數民族漢語詩文集叢刊》獲批國家社科基金重大項目。項目的獲批對於古代少數民族文學研究而言，無疑起到了非常重要的支撑作用。本人忝爲子課題《古代西南少數民族漢語詩文集叢刊·回族與土家族卷》的負責人，深感責任大、任務重，故與課題組的各位老師齊心合力，共謀課題研究之路徑，力求早日出成果。如今在巴蜀書社的鼎力支持下，相關的研究成果會陸續出版，欣喜之餘，就這兩個民族詩文創作的風貌略作交代。

在中華民族多元一體的歷史文化進程中，有着兼收并蓄之胸襟的各少數民族作家創造了既屬於自己民族、又屬於中華民族大家庭的燦爛文學。遠離政治文化中心的西南地區，也以其獨特的地域風貌滋養着一批批卓有成就的回族文人和土家族文人。他們的創作既表現出與中國古代『詩騷』『風骨』等文學與文化精神相融通的思想旨趣，又呈現出鮮明的地域特色和獨特的藝術審美風貌。

古代西南地區的回族詩文創作，可謂善於把握中國古代文學發展的歷史脉絡，不斷吸收漢語詩文創作的經驗，涌現出一些名家名作。早在五代時期，回族先民李珣便以自己不凡的創作成就，獲得了很高的文學聲望。李珣，字德潤，著有《瓊瑶集》，惜已散佚，王國維編成輯本《瓊瑶集》，録李珣詞五十四首。李珣被列入『花間詞人』之中，他的富有娱樂性質的小詞被前蜀後主所賞，作品被詞家相互傳誦。李珣之妹李舜絃是五代時期爲數不多的會作詩的嬪妃之一，也是有記載的中國第一位回族女詩人，惜其作品大多失傳，今僅存詩四首。經過宋元兩朝的發展，回族文人逐漸融入中華文化之中，尤其是到了明代，回族作家也都熱衷於成爲儒家文人，故而，明代回族文學也迅速發展。同時，由於文教的日益成熟，西南地區涌現出一批風流儒雅的回族文人，如沐昂、孫繼魯、馬繼龍、閃繼迪等人。沐昂，字景高，作爲明代前期雲南政壇上的領軍人物，其所取得的政治成績是顯著的。而作爲一位文人，他剛健、曠達的作品風格則十分引人注目。不論是抒發理想抱負、針砭時弊、關注百姓生活，還是描寫自然風光、與人交游唱和，都表現出其高潔的人格、豪邁的氣度與曠放的情韻。有《素軒集》行世。沐昂作爲雲南地區重要的文學領袖，主持編纂的《滄海遺珠》，收録大量與雲南有關的文人作品，可謂是明代文學的一顆明珠，對保存西南地區的文人創作風貌具有十分重要的意義。孫繼魯，字道甫，號松山，《滇中瑣記》評曰『觀其詩文，大都雄古道勁，適尚其爲人』，著有《破碗集》《松山文集》，惜已散佚。馬繼龍，字雲卿，號梅樵，著有《梅樵集》，已佚，《滇南詩略》録其詩六十八首。閃繼迪，字允修，著有《雨岑園秋興》《吴越吟草》，均已佚，《滇南詩略》存録其詩六十餘首。他的詩歌多有懷才不遇之慨，詩作格調較高。閃繼迪之子閃仲儼、閃仲侗均有詩名。閃仲侗，字士覺，號知頗，著有《鶴和篇》等。清代是回族文學的繁榮時期。清代日益濃厚的爲學爲文風氣也影響到回族文人，這一時期的回族文學與整個文學發展的大潮流密切相隨，即便是在西南地區，也不乏著名的回族文人。孫鵬是孫繼魯六世孫，字乘九、圖南、鐵山，號南村。他的詩作着重意象描寫，意境開闊，想象奇特，多寫山水田園，展現西南地區特有的自然風光，詩風清新明快。李根源在《刊南村詩集序》中評曰：『英辭浩氣，磊落出群，有不可一世之概。』『氣韻格律，宗法盛唐，間摹漢魏，歸宿子美，昌黎爲近。』孫鵬的散文創作也十分出色，論説文見解獨到，議論不凡，叙事寫人則娓娓道來，情感真摯。《雲南叢書》收其《少華集》《錦川集》《松韶集》，合稱《南村詩集》。馬汝爲，字宣臣，號悔齋，以綿遠醇厚的詩風享譽詩壇，他的散文清麗纖綿，頗具駢儷色彩，有《馬悔齋先生遺集》行世。李若虚，字實夫，他的詞作在清代詞壇中獨具特色。他以卓越的藝術表現手法，爲後人留下了許多真實再現西南邊疆和藏地風貌的獨特作品，有《實夫詩存》和《海棠巢詞》行世。馬之龍，字子雲，號雪樓，他的詩歌簡峭入古，樂觀豪邁，多紀游山水，有《雪樓詩鈔》傳世。沙琛，字獻如，號雪湖，又號點蒼山人。他爲官期間，頗有惠政，審理重案時得罪上司，獲罪戍邊，因萬民請命，感動皇帝，得以奉親歸里。家鄉滇西北旖旎的自然風光成爲他寄情物外的環境依托，多紀游山水、與人唱和之作。也正是這樣獨特的外部環境和其自身的性格特徵造就了他的詩歌多采用即景抒情、吞多吐少、欲放還收的藝術手法，具有高韻逸氣和幽潔之思，有《點蒼山人詩鈔》行世。除此之外，古代西南地區還有許多回族文人，因他們的作品傳世較少，而不被世人獲悉。如馬玉麟所著《静觀堂稿》，已佚；馬鳴鸞所著《密齋詩稿》也下落不明；賽嶼著作繁多，有《夢鼇山人詩古文集》等，可惜這些作品大多已失傳，現在祇能在《石屏州志》等方志文獻中看到他的遺詩遺文。

古代西南地區的土家族詩文創作，可謂善於借鑒歷代漢語詩文創作的成就，不斷豐富創作内容。土家族主要聚居於渝東南、黔東北、鄂西南、湘西北的廣大地區，其中渝東南、黔東北屬於西南地區。這一地區，歷史上曾長期由土司統治，冉氏、陳氏、楊氏、馬氏和田氏是這一區域的土家族土司代表。改土歸流以前，由於統治者要求土司繼承人必須入學接受漢文化教育，以及土司自身對漢文化的嚮往，一些土司家族開始形成前後相繼的家族文人群體。這個群體普遍有較高的漢文化修養，具備用漢語文進行書面文學創作的能力。渝東南土家族漢語詩文的興盛，實肇端於土司文人的創作實踐。根據現存的文獻記載，大約在明代中期以後，以酉陽爲中心的冉氏土司家族，開始出現能文善詩的文人，先後有冉雲、冉舜臣、冉儀、冉元、冉御龍、冉天育、冉奇鑣、冉永沛、冉永涵等文人從事漢語詩文創作。其中曾經結集流傳的有冉天育的《詹詹言集》、冉奇鑣的《玉樓詩卷》和《擁翠軒詩集》、冉永涵的《蟪蛄聲集》，今俱不存。清代改土歸流以後，酉陽設直隸州，轄酉陽、黔江、彭水、秀山諸縣，酉陽冉氏土司雖不復存在，但冉氏家族的進一步繁衍，使得家族文脉得以延續，涌現出更多優秀文人，且多有詩文集刊刻傳播。如冉廣燏有《寓庸堂文稿》《二柳山房雜著》等；冉廣鯉有詩集《信口笛吟草》；冉正維有《老樹山房文集》《醒齋詩文稿》；冉瑞嵩著有《大酉山房集》；冉瑞岱著述甚富，有《二酉山房隨筆》等；冉崇文爲清末酉陽冉氏文人中最有成就者，著有《二酉山房詩鈔》等；冉崇煃有《雨亭詩草》；冉崇治有《容膝軒詩集》。以上所列詩文集今俱未見，但部分詩作由馮世瀛選入《二酉英華》。改土歸流之後，官學教育和科舉考試的普遍推行，加之冉氏與陳氏、馮氏、田氏等家族互通婚姻，使得這一時期的土家族詩人群體更加龐大。如陳氏家族有陳序禮、陳序樂、陳序川、陳汝燮（原名陳序初）、陳宸（原名陳序適）、陳景星等代表人物，他們皆有詩集，其中陳汝燮《答猿詩草》，陳景星《疊岫樓詩草》，陳宸、陳寬《酉陽陳氏塤箎集》，均存民國印本。田氏家族以田世醇、田經畬爲代表，前者有《臥雲小草》等，後者亦有詩集，惜未見傳本。馮氏家族以馮世熙、馮世瀛、馮文顒爲代表，其中馮世瀛爲酉陽名儒，是清代後期在經學、文學上均有很高成就的土家族文人，有詩集《候蟲吟草》，今存同治刻本。此外，土家族名醫程其芝有《雲水游詩草》存世。石柱馬氏土司家族中，能詩善文者亦復不少，但在漢語詩文的創作成就上要遜色於酉陽冉氏，秦良玉、馬宗大以及土司舍人馬斗熺、馬湯等人是其中的代表人物。馬斗熺曾有《竹香齋詩集》結集傳播，後散佚，乾隆間流官王縈緒又輯録《竹香齋拾遺詩稿》傳世，今未見。改土歸流之後，石柱冉氏文脉亦得到傳承，有冉永燾、冉永燮、冉裕垕等代表，惜無别集流傳。秀山楊氏土司家族歷來多軍功卓著者，文人則不多見。改土歸流前，楊氏土司家族尚無在漢語詩文創作上有所成就者。乾嘉以降，平茶楊氏土司後裔、果勇侯楊芳及其子孫輩多文武兼擅，不但從事漢語詩文創作，而且多有作品集流傳。楊芳有《錫羨堂詩集》刊行，後其孫又輯有《楊勤勇公詩》；楊芳子楊承注有《楊鐵庵詩》；楊承注子楊恩柯有《陶庵遺詩》；楊恩桓有《卧游草》。《楊勤勇公詩》《陶庵遺詩》《卧游草》尚有抄本存世，《錫羨堂詩集》《楊鐵庵詩》今未見傳本。黔東北在明以前爲田氏土司所統治，因思州、思南土司在明初相攻仇殺，朝廷遂廢這一區域土司，置流官，建官學、興科舉。因此，明初以後的黔東北，實已無土司家族存在。這一地區的土家族漢語詩文發展，大約與渝東南同步，正德以後，涌現出田秋、安康、田谷、安孝忠、田慶遠、田茂穎、王藩、任思永、張敏文、張清理、張德徽等優秀作家，他們的作品曾結集行世，惜今未見傳本。

古代西南地區回族、土家族詩文之所以能持續發展，并能够在中國文學史上占有一席之地，很大的原因在於西南地區回族、土家族文人的文學創作既受到時代風氣的塑造，又受到地域文化的影響。同時，古代西南地區的回族、土家族文學也是與其他民族文學相交融的産物。西南地區是一個多民族地區，回族、土家族文人在與包括漢族在内的其他民族交往過程中，各學所長，形成了你中有我、我中有你的多元一體的文學格局。如回族詩人沙琛，在與白族文人師範、漢族文人錢灃、納西族文人桑映斗、回族文人馬之龍的交往唱和過程中，不論在詩歌創作風格、取材對象，還是主題内容等方面都相互影響。這就增加了回族文學的多民族因素，使得回族文學的内容更加豐富。

總而言之，古代西南地區的回族、土家族詩文以其鮮明的地域特徵和獨特的創作風貌爲後世研讀者所稱道。這些創作成就，不僅豐富了回族文學和土家族文學的内容，也爲建構更加完整的中國文學史添磚加瓦，頗有傳承價值。

需要説明的是，本卷内文留存了部分原作者對農民起義軍的蔑稱，這顯示了古人的歷史局限性，爲保持古籍原貌，此次整理不一一修改。

孫紀文

二〇二〇年十月二十五日於西南民族大學圖書館

悔齋先生行樂圖

静穆其神綿
紗其思望擁
畵史肩酒盈
危卷為解語
婢衣知詩尋
孔顏樂仁不
可支其文章
得山川之助
其汗韻為後
起之師與顏
色於落月其
精神如或遇
之

悔齋先生行樂圖

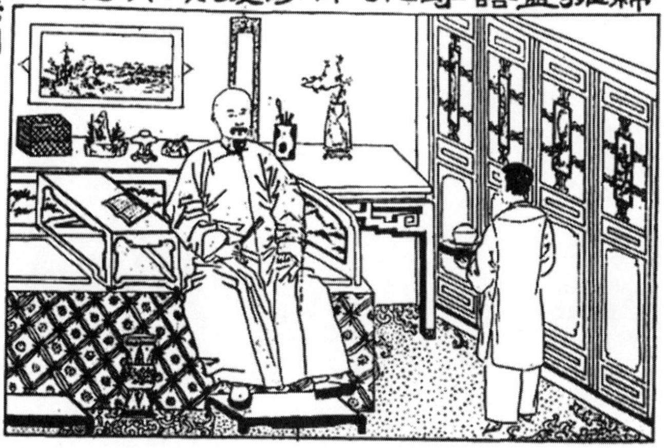

後學劉達武謹贊

馬汝爲書法

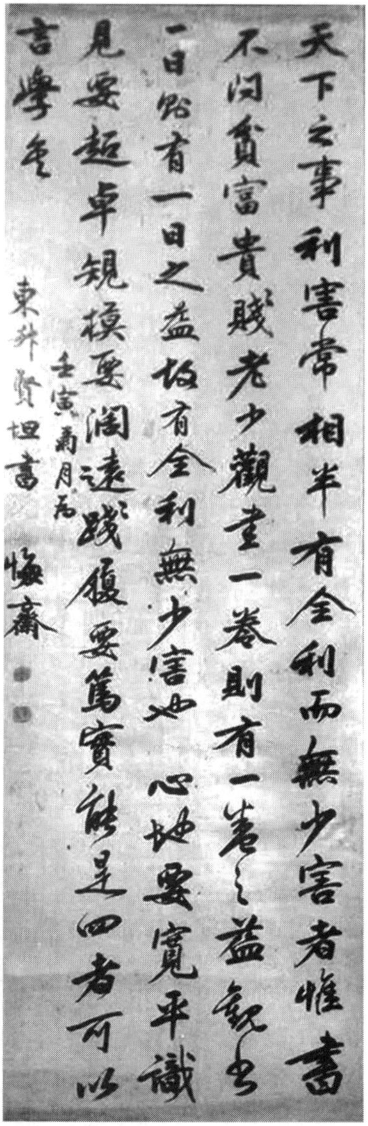

圖一

天下之事利害常相半，有全利而無少害者惟書，不問貧富貴賤老少，觀書一卷，則有一卷之益，觀書一日，則有一日之益，故有全利無少害也。心地要寬平，識見要超卓，規模要闊遠，踐履要篤實，能是四者，可以言學矣。

壬寅菊月，爲東升賢坦書，悔齋

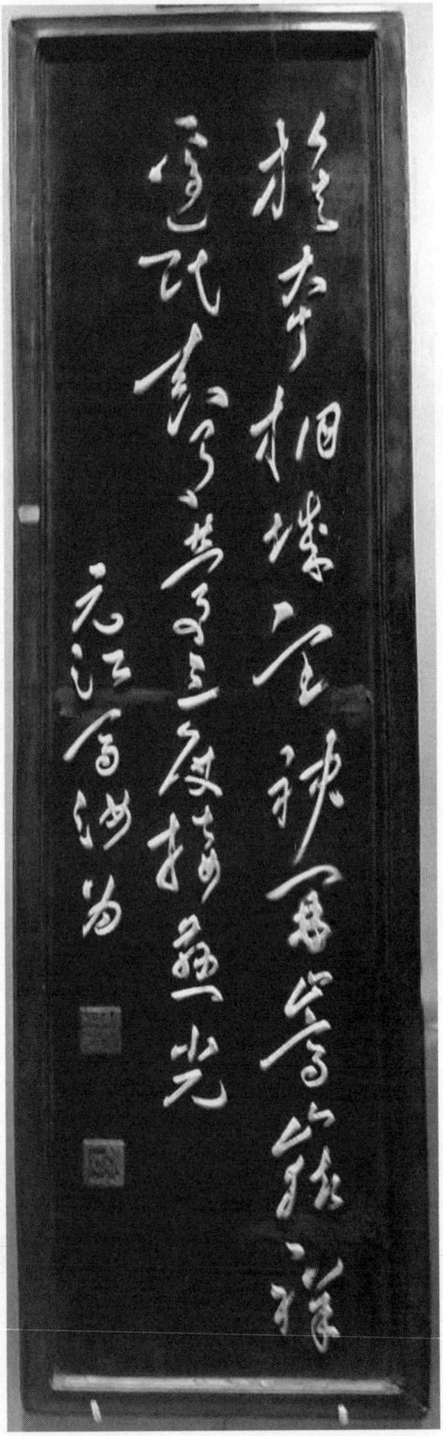

圖二

旗本桐城室，神開嵩巖祥。邊民真月慶，三度接蟲光。

元江馬汝爲

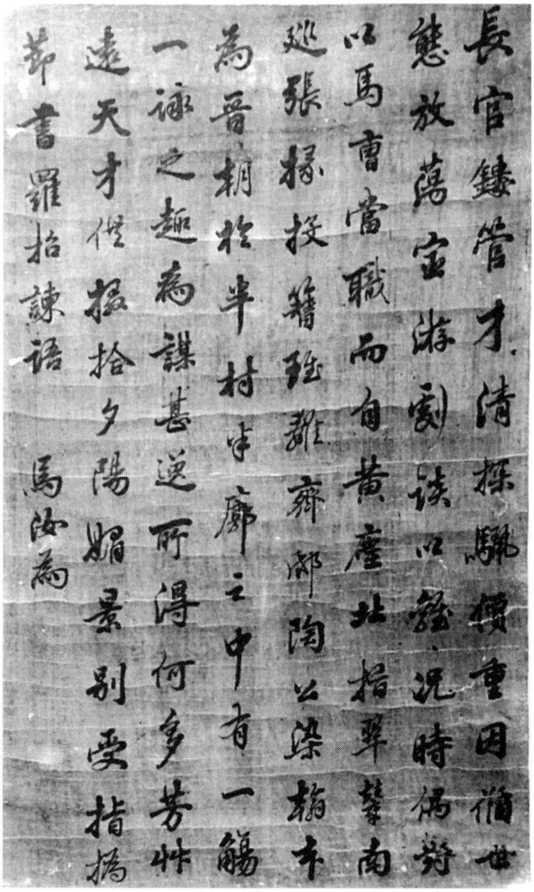

圖三

長官鏤管才清，探驪價重。因循世態，放蕩宦遊。劇談以雞況時，偶對以馬曹當職。而自黃塵北指，翠輦南巡。張掾投簪，雖離齊邸。陶公染翰，本爲晉朝。於半村半廓之中，有一觴一詠之趣。爲謀甚逸，所得何多。芳草遠天，才供掇拾。夕陽媚景，別受指撝。莭書羅招諫語。

馬汝爲

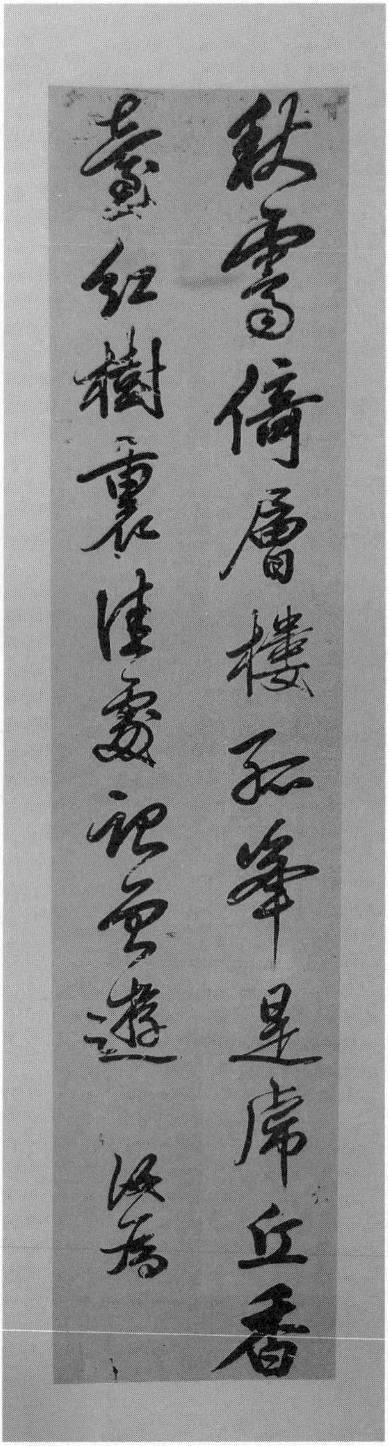

圖四

秋霽倚層樓，孤峯是虎丘。香臺紅樹裏，佳處記曾遊。

汝爲（《登樓望虎丘》元末明初・高啓）

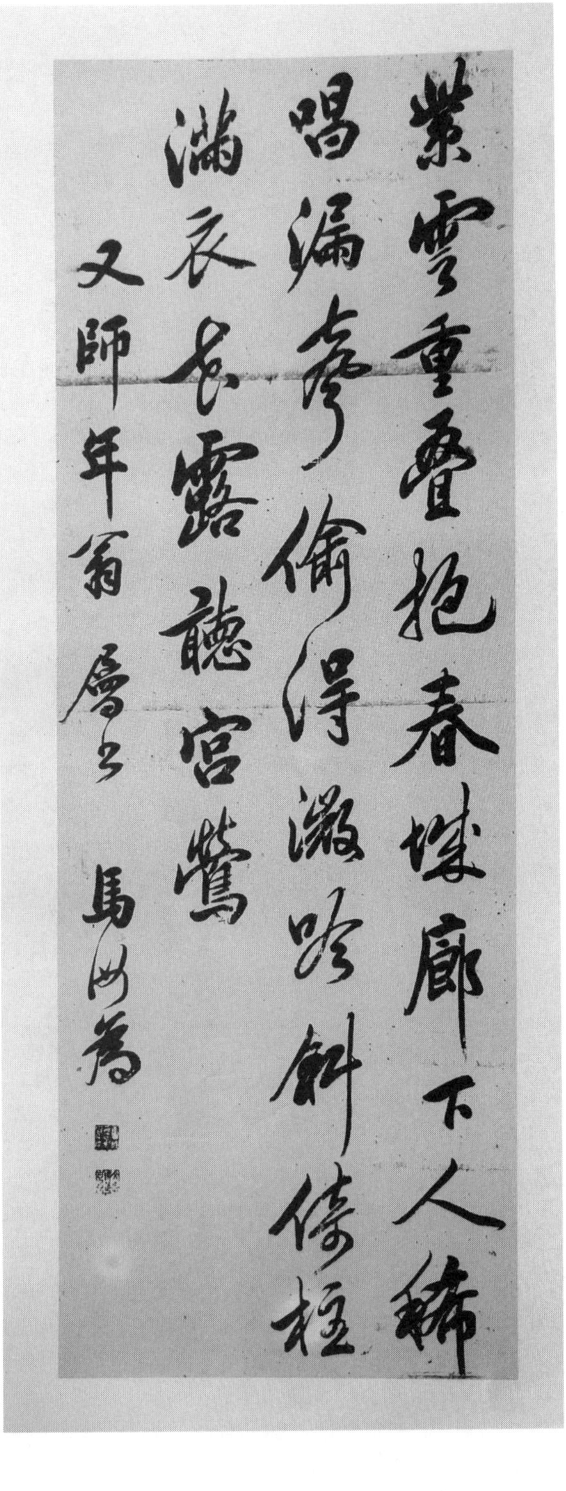

圖五

紫雲重疊抱春城，廊下人稀唱漏聲。偷得微吟斜倚柱，滿衣花露聽宮鶯。

又師年翁層書，馬汝爲（《早入諫院二首　其二》唐末・鄭穀）

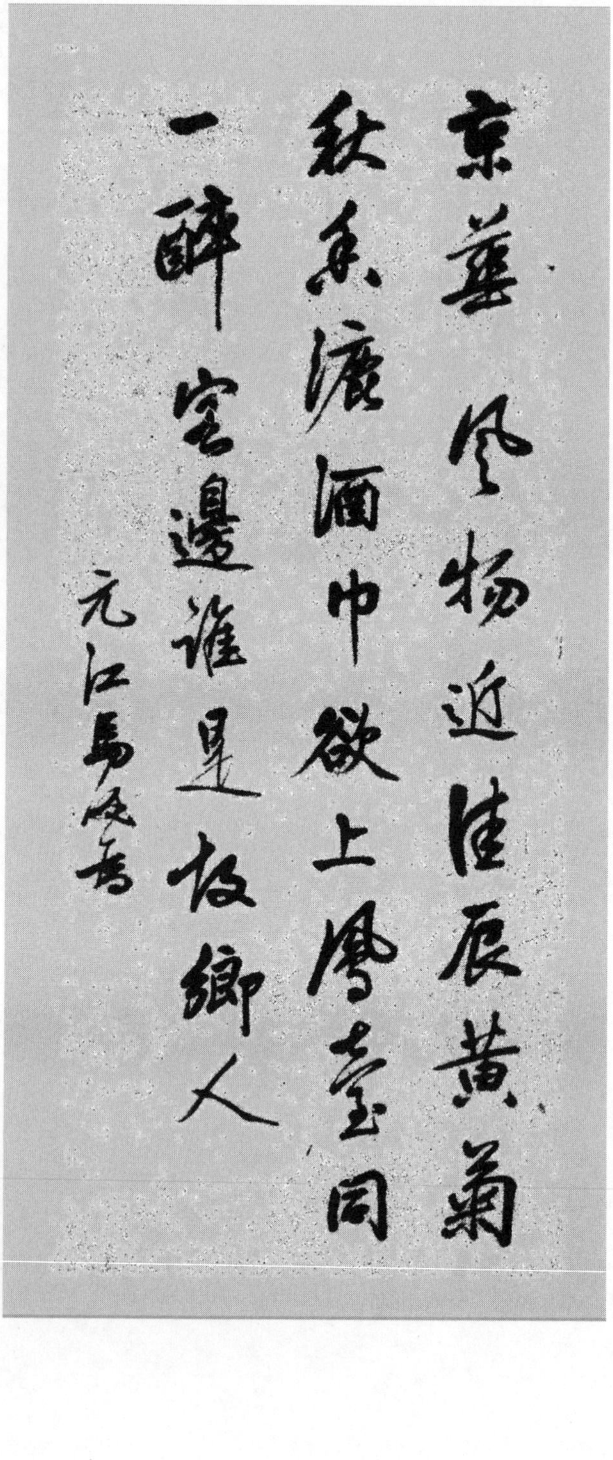

圖六

京華風物近佳辰，黃菊秋香灑酒巾。欲上鳳臺同一醉，客邊誰是故鄉人。

元江馬汝爲（《金陵九日》明・沈愚）

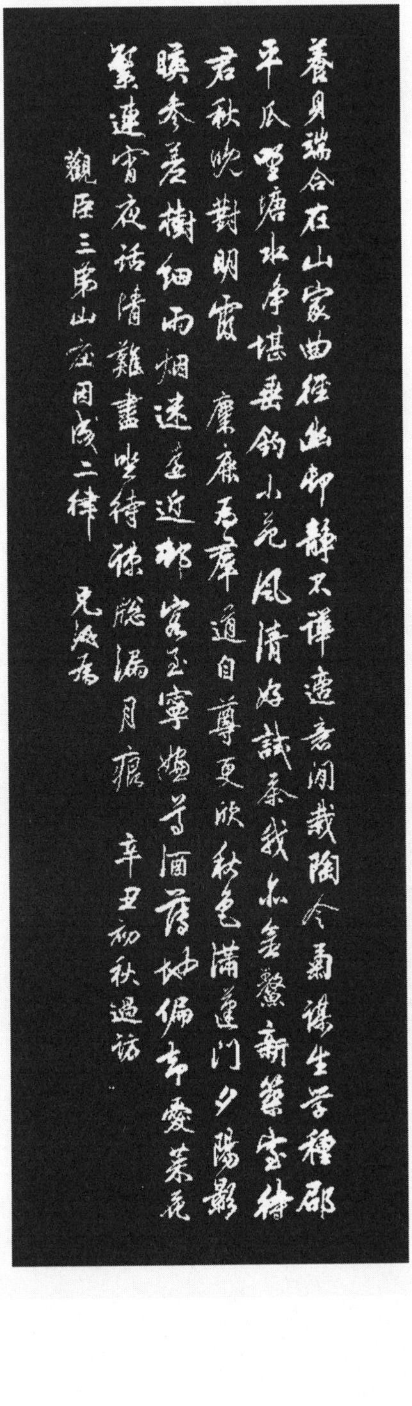

圖七

養身端合在山家，曲徑幽邨静不譁。適意閒栽陶令菊，謀生學種邵平瓜。野塘水淨堪垂釣，小苑风清好試茶。我亦金鼇新築室，待君秋晚對明霞。

麋鹿爲羣道自尊，更欣秋色滿蓬門。夕陽影映參差樹，細雨烟迷遠近邨。客至寧嫌尊酒薄，地偏却愛菜花繁。連宵夜話情難盡，坐待疏牕漏月痕。

辛丑初秋，過訪觀臣三弟山莊，因成二律，兄汝爲

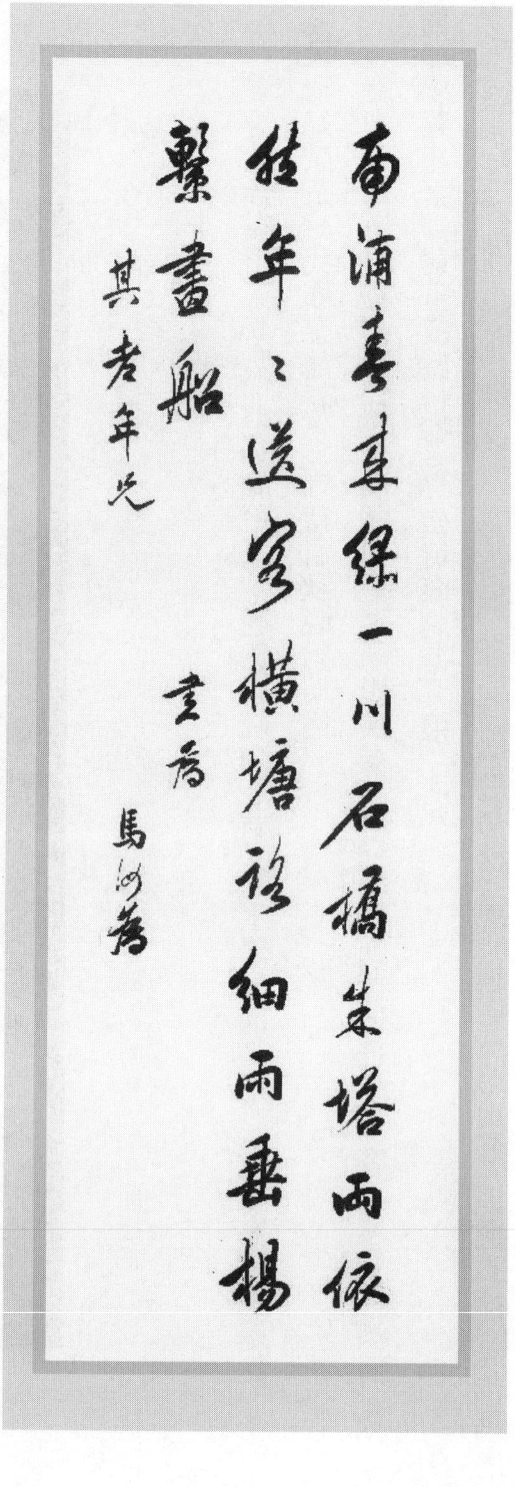

圖八

南浦春來緑一川，石橋朱塔兩依然。年年送客横塘路，細雨垂楊繫畫船。

書爲其老年兄，馬汝爲（《横塘》南宋・范成大）

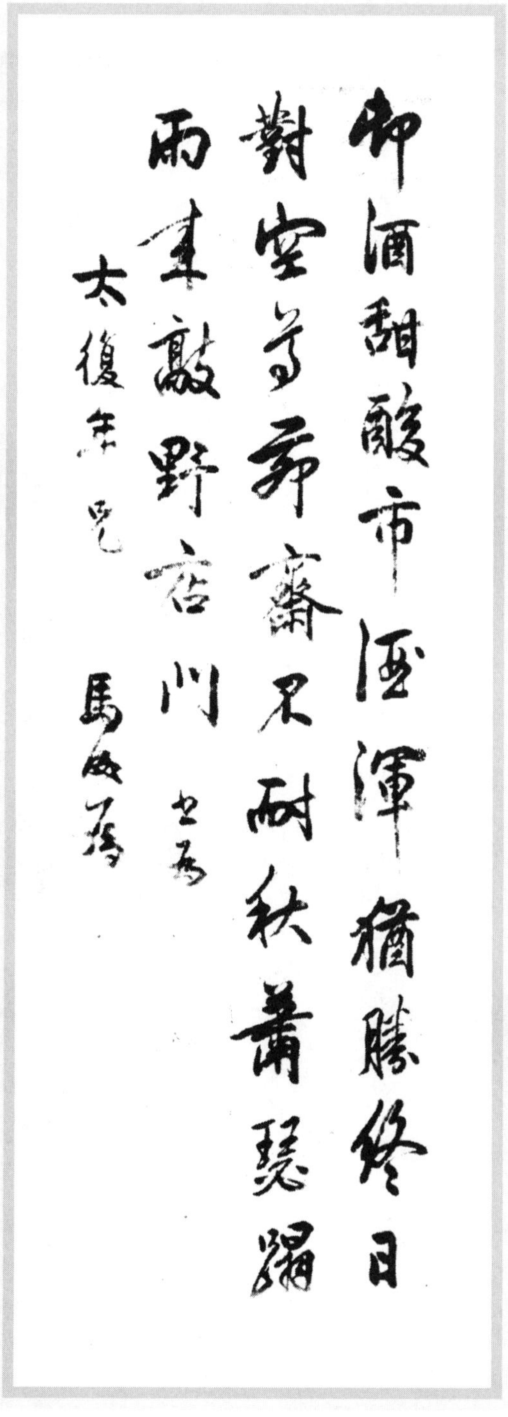

圖九

郫酒甜酸市酒渾，猶勝終日對空尊。茅齋不耐秋蕭瑟，蹋雨來敲野店門。

書爲太復年兄，馬汝爲（《秋興十二首·其二》南宋·陸游）

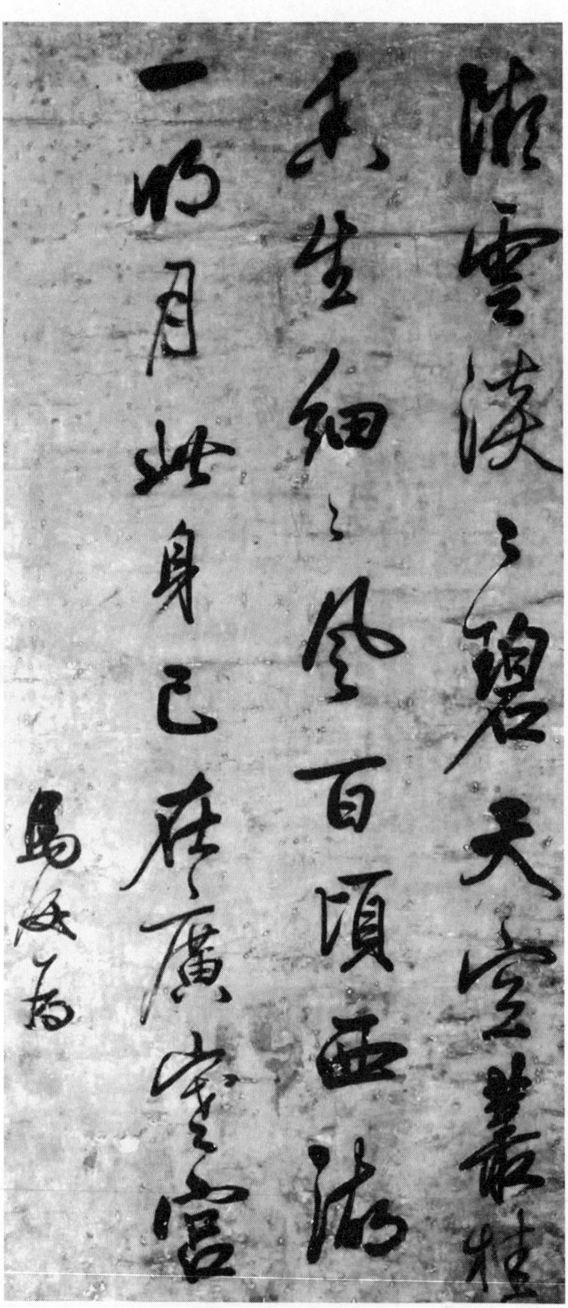

圖十

微雲淡淡碧天空，叢桂香生細細風。百頃西湖一明月，此身已在廣寒宮。

馬汝爲

圖十一

上聯：能舉丘山惟筆力

下聯：可摩雲日是風標

目録

叙録

馬汝爲（一六六二至一七三一），字宣臣（丞），號悔齋，雲南元江人，回族，清代書法家、文學家。其先世是陝西鳳翔人，明洪武中，先人馬正輔跟從西平侯沐英入雲南，以軍功世襲臨安千户，定居臨安。後曾祖馬如麟爲避普明聲之亂，遷居元江。汝爲於康熙四十二年中進士，選翰林院庶吉士，入參秘閣執掌文衡，授檢討，修國史。四十八年京闕散館考核，康熙以書法試翰林，馬汝爲滿、漢書俱拔第一，特召見于乾清宫，『學行爲上所知，館閣一時推重』〔一〕。康熙五十年令主湖廣鄉試。五十三年遷大理寺佐廷尉，持平有聲。五十四年冬奉父諱萬里北歸服闋。五十七年啓用，補貴州銅仁知府，有治聲。六十年致仕歸里，於城東廿里外卜金鼇山築

〔一〕 劉達武：《呈請鑒定遺集文》，《馬悔齋先生遺集》，民國四卷本。

叢桂山莊，優遊自適以終老。馬汝爲『品端以粹，學博而精』[一]，尤以書法、詩文見長，名重一時，事見《元江志稿》《雲南叢書》《滇南叢話》。

一、《馬悔齋先生遺集》版本狀况

馬汝爲曾纂輯《滿文周書》《歷代七言詩選》等，惜已散佚。目前能夠看到的馬汝爲著述祇有《馬悔齋先生遺集》，爲民國元江知事劉達武所輯。劉達武主持收集，精心考訂，整理編輯《馬悔齋先生遺集》四卷，唐繼堯、由雲龍、丁兆冠、黄元直爲之作序，婁際泰、彭松森、楊叢桂爲之作跋。後趙藩編輯《雲南叢書》時，將其删改爲二卷收入其中，詩、文各居其一。《清人別集總目》載：『《馬悔齋先生遺集》二卷，《雲南叢書》二編本；《馬悔齋先生遺集》三卷，民國十七年雲南官書局印本（湘圖）；《馬悔齋先生遺集》四卷，民國排印本。』《雲南辭典》：『《馬悔齋先生遺集》，清馬汝爲撰，二卷。』《元江志稿》：『《馬悔齋先生遺集》四卷，劉達武纂。』

清乾隆間，在陝西爲官的元江進士楊衍嗣曾想爲同鄉馬汝爲輯録詩文，但『欲爲付梓』之

[一] 劉達武：《呈請鑒定遺集文》，《馬悔齋先生遺集》，民國四卷本。

時不幸去世，書稿也就散佚了。民國初，元江知事劉達武對馬汝爲這位康熙年間的元江學者格外推崇，本着『國粹微茫，匹夫與有保存之責；前修湮没，後學宜勤揚榷之功』[二]的初心，他尋訪馬氏故宅，『沿馬家巷行數十武，見其背城面河，敗瓦頽垣而外，僅存「渾金璞玉」一坊，字爲先生手筆。亟爲立石宅左，額以「所謂伊人」四字，亦夏侯嵩思賢之意云爾』，又于叢桂山莊不遠處找尋馬氏墓塜，『宿草榛莽，碑碣無存』，衹好用一首感懷思賢之詩寄託心緒：

先生墓原在南灑，其子姓以風水之説，遷葬澧江渡左之金鼇山，距叢桂山莊廢址不遠。余與楊議員湘亭尋訪其地，宿草榛莽，碑碣無存，感而弔以詩。

荒原抔土澧江東，宿草蒙茸霜露叢。空有漆燈明夜月，更無石馬泣秋風。思賢碑没傷徐穉，限牧牆高待悔翁。不盡低回憑弔意，青山萬里夕陽紅。

《謁馬悔齋先生墓并序》

在他的呼籲和感召之下，當地文人紛紛爲此獻力，四處搜集馬汝爲遺著，彙集散落的各種殘本和縣誌中的零星記載，『至數十百首之多，詮以數言，釐爲四卷，補殘綴碎，集零錦以成

[二] 劉達武：《呈請鑒定遺集文》，《馬悔齋先生遺集》，民國四卷本。

章』，輯爲《馬悔齋先生遺集》書稿，最後終于『秘討冥搜，擬釀金以付梓』〔二〕。從立意到成書，期間的辛苦和不棄都被劉達武一一記録了下來，并保留在《馬悔齋先生遺集》『雜識二十一則』之中。一位臨時主持工作的湖南邵陽籍知事能够如此用心地促成此事，實屬不易。

目前《馬悔齋先生遺集》傳世有四卷本和二卷本。

四卷本爲一九一九年鉛印本，宋體，墨書，半頁十行，每行二十五字，白口，單魚尾，版口有書題、卷次、頁碼。封面有『民國八年秋八月雲南官印局』，首頁爲『悔齋先生行樂圖』，畫面中央爲一白面微鬚的老者，右手執扇，身旁几案上有一展卷，畫面右側一位婢女端茶背立，畫面上方是劉達武所題隸書圖贊：

> 静穆其神，綿渺其思。坐擁圖史，有酒盈巵。花爲解語，婢從知詩。尋孔顔樂，樂不可支。其文章得山川之助，其行誼爲後起之師。照顔色於落月，其精神如或遇之。

序言五篇，前三篇皆爲手寫體，作序者分别爲唐繼堯（手寫楷書）、由雲龍（手寫行書，文末有朱文印、白文印各一枚）、丁兆冠（手寫楷書），自第四篇黄元直序始至書末爲印刷體，

〔二〕 劉達武：《雜識》，《馬悔齋先生遺集》，民國四卷本。

第五篇自序爲劉達武所撰。《馬悔齋先生傳略》後爲目次，詩遺二卷，卷一收詩七十九首，卷二收詩三十八首，共一百一十七首。卷三文遺，收文四篇：《元江清水河橋記》《關侯廟記》《催妝啟》及《又》；附録三篇：《文秀馬君墓誌銘》《文秀馬君墓表》《呈請鑒定遺集文》（目次錯記爲附録七篇）。卷四收雜識二十一則（目次錯記爲二十則）。卷末有跋三篇，作者分别爲婁際泰、彭松森、楊叢桂。《清代詩文集彙編》第二一九册所收即爲此本。

二卷本是一九二三年趙藩在劉達武所輯四卷本的基礎上『略爲删補，收入（雲南）叢書』[二]，收詩七十九首，文三篇：《元江清水河橋記》《關公廟記》《定空上人塔銘》，雜識十五則。正文前有《悔齋先生傳略》和趙藩序。民國木刻本，宋體，墨書，半頁十行，每行二十一字，黑口，單魚尾，版口有書題、卷次、頁碼。《雲南叢書》第五十册、《叢書集成續編》第一二八册、《回族典藏全書》第一八一册所收即爲此本[三]。

[二] 王婧哲、胡玉冰列表比較了四卷本和二卷本所收詩文的异同，發現二卷本删去了四卷本的十首詩、兩篇文及附録，增加了兩首詩和一篇文。詳見王婧哲、胡玉冰《馬汝爲及其〈馬悔齋先生遺集〉考》，《回族研究》二〇二〇年第三期。

[三] 《回族典藏全書》第一八一册將《滇文叢録》卷八六『雜記類十』所收《關公廟記》一文以『馬汝爲遺文』爲名單列于『馬汝爲先生遺集』之後，應是有版本參照之意。該文爲民國木刻本，楷體，墨書，半頁十四行，每行三十二字，單魚尾，版口注明出處、頁碼。

雲南省圖書館所藏二卷本有兩種稿本：

甲種本封面有『輯刻雲南叢書處』印，扉頁有『民國七年十二月元江縣署刊』印，正文前有趙藩序〔一〕、丁兆冠序，收詩七十九首，收文五篇：《元江清水河橋記》《關公廟記》《定空上人塔銘》《催妝啟》及《又》，附編收記序表志六篇：《元江府學記》《元江尊經閣記》《重修元江府學記》《元江文昌祠記》《文秀馬君墓誌銘》《文秀馬君墓表》，雜識十四則，彭松森跋一篇。此稿本多有墨筆勾畫之處，或句讀或字詞校訂，但未見執筆人資訊。

乙種本的上卷卷首寫有『此卷塗改共計柒拾柒字楊嘉猷校』字樣，下卷卷首寫有『此卷塗改添注共計貳佰壹拾捌字楊嘉猷校』字樣，正文前有由雲龍序、丁兆冠序、劉達武序，以及《悔齋先生傳略》和粗仿『悔齋先生行樂圖』，其餘内容與甲種本無异。校訂字詞的楊嘉猷應爲《雲南叢書》參與人員，《續雲南通志長編》卷六八『社會·社團·社會組織·特種社團·省級社團·輯刻雲南叢書處』所載民國三年『庶務、文牘、收發、校對、採訪各職員』名單中有其名。

〔一〕趙藩序落款時間爲『癸亥夏』即一九二三年，與扉頁『民國七年十二月元江縣署刊』印的時間一九一八年前後矛盾，此處存疑，待考。

《清人別集總目》所載湖南省圖書館藏三卷本實爲四卷本，被收于劉達武文集《鈍公叢存》之六，版式優美，民國木刻本，宋體，墨書，半頁十行，每行二十四字，單魚尾，版口有書題、出處、卷次、頁碼。内容與上述四卷本有細微差别，如『悔齋先生行樂圖』落款處及其在書中的位置、缺黄元直序。

現代本有兩種。一種是《馬汝爲詩文選》，由元江縣地方誌辦公室據雲南省圖書館藏手寫體石印本整理而成，於一九九六年德宏民族出版社出版，收詩二百六十餘首，文三篇。正文前有『悔齋先生行樂圖』一幅，行書書法圖片九幅，今人序四篇；正文後有序五篇，題詞三篇，跋三篇，雜識二十一則，以及《馬悔齋先生傳略》《呈請鑒定遺集文》《文秀馬君墓誌銘》《文秀馬君墓表》，三篇今人評文。另一種是《馬汝爲詩選》，由馬汝爲後裔馬仲偉編纂而成，于二〇一三年出版，收詩二百零七首，文未録。正文前有馬汝爲行書書法圖片五幅、《馬氏宗譜》圖片（原圖藏于建水馬家山）、《清代回族詩書大師馬汝爲》一文、序六篇，正文後收跋三篇，雜識二十一則，《呈請鑒定遺集文》《馬悔齋先生傳略》《敕封儒林郎文秀馬君墓誌銘》《元江馬君文秀墓表》，另增加了《馬氏宗譜》《一代書香出馬家——馬汝爲後裔擷英》，對於瞭解馬汝爲家族的古今狀況很有幫助。

馬汝爲存世詩文并不多，但是目前所見《馬悔齋先生遺集》版本不少，民國木刻本、鉛印本、稿本以及現代本可以對照參考。本書即以《清代詩文集彙編》所收四卷本爲底本，參考了其他版本。

二、字壓兩江，雄秀天然

馬汝爲的書法成就獲得了很高的評價，聲名遠播。《滇繫》云，馬汝爲與當時的三位雲南書法家——通政司參議昆明虞世瓔、翰林院庶吉士昆明趙士英、吏部侍郎（少宰）澄江趙士麟，『楷行法皆本右軍，可稱滇中四傑』。《滇移》記載『石屏陳存庵以文著，張螯存以博學稱，號之滇中「二存」，獨元江馬宣臣之書法可與之齊名』，故有『陳作馬寫張古董』之俗語。晉甯李鶴峰（字因培）文才尤著，彪炳一門；督學江東，馬汝爲與之齊名，故又有『才高天下李因培，字壓兩江馬汝爲』〔二〕一説。《馬悔齋遺集》唐繼堯《序》云：『先生以書法名動京朝，觀其

〔二〕所謂兩江，指現在的江蘇、安徽、江西，清初江南和江西合稱兩江，這些地方嚮爲文化高地，俊采星馳。民間傳説：馬汝爲進京，見兩江才子題寫的對聯條幅書法作品掛滿朝堂，但平庸者甚多，於是順手扯下幾幅踩於脚下。兩江才子一擁而上興師問罪，馬汝爲不慌不忙地回答：『既然我踩壞了諸位的對聯，我就爲你們補寫好了。』衆才子嘲笑道：『你這南蠻之地的山野村夫也會寫字嗎！』馬汝爲不生氣，從容不迫地揮筆寫了幾幅對聯掛起來。兩江的才子一看，確實寫得漂亮，都驚呆了，正在議論中，康熙皇帝聞訊親臨觀賞，贊不絶口，説比兩江才子寫得好，從此就有了『馬汝爲字壓兩江』之説。見馬仲偉《馬汝爲詩選》，二〇一三年。

遺跡，筆意與鄭文公（鄭道昭）相近，未知於今講求北碑者何如。』由雲龍《序》云：『滇省人才盛極於晚明清初……元江馬宣臣先生以詞臣揚歷中外，所致有聲。百年之後，僅以工書聞。清史館採集所及，亦僅以先生入藝術類。』丁兆冠《序》云：『元江馬悔齋先生以書法名於滇，自縉紳先生以至鄉曲野老，慮無不知重之。苟得其斷絹殘箋，千金弗啻也。』劉達武用『秀勁超逸』四字評價親眼所見的馬汝爲草書七絶一首，他還見過馬汝爲的一幅滿文書法作品，『字凡七開，節書《周易》《湯誥》，每句之末譯以漢文』〔一〕。

馬汝爲的書法宗法『二王』，其後裔馬仲偉評價其用筆迅牽疾掣，提按分明，筆劃靈動飄逸，沉穩凝練，風格嫵媚多姿，雄秀天然〔二〕。『用筆、結字章法融各家之長，結構優雅適度，頗具書卷氣。』〔三〕當代元江學者熊中流認爲馬汝爲的中字條幅爲上品，對其書法評價允當，『用筆左規右矩，極有法度，結體高華、莊重，無一字有輕佻之態，無一筆有浮誇之風，無一字雜以近體，作草如真，從容不迫，動中有静，静中有動』；『如果説行草有趙體風韻，則表現于筆意，温潤嫻雅，妍媚纖秀，運接右軍正脈之傳，其結體，行次如老翁攜孫行，長短參差，情誼真摯，

〔一〕劉達武：《雜識》，《馬悔齋先生遺集》，民國四卷本。
〔二〕馬仲偉：《馬汝爲詩選》，二〇一三年。
〔三〕雲南省博物館：《雲南傳世書法》，雲南美術出版社，二〇〇六年。

痛癢相關。如果説行楷近鄭文公碑，則表現于風格雍容凝重，渾厚雄圓，筆法以圓潤爲主，偶見方折』〔一〕。

馬汝爲因書法聲名遠播，遠近鄉間俚俗甚至將其墨蹟奉爲神物，還有能避水火之傳。傳聞之一：雍乾之際，某年夏秋之交，江水泛漲，水勢迅猛越堤，湧至東城下達馬姓門檻一線，全城官民，驚恐萬狀。所奇者泛漲之江水，于馬姓門下徘徊不久，便悄然退去，有説因馬姓門右有石匾，上有馬汝爲手書『渾金璞玉』四字故爾。傳聞之二：馬汝爲妹適他郎某名門，他以一箱作妝相贈，并告之非急難不可啟箱，久之，妹不以爲意。某年，其夫家失火致災。越數年，正值秋熟之季，某生游於郊，見一老媪手持秩旗，往來於田間逐雀，旗面迥异，生疑之，近而審視，乃馬汝爲墨蹟一條幅，詢之，老媪已是馬氏之孫輩。

馬汝爲的書法在當時即已獲得極高的聲譽，但是他并未居高自傲，而是待人平易如常。《道光普洱府誌》卷十六和《道光威遠廳誌》卷六中皆記載了馬汝爲在鳳山書院講席期間的情形：『時文教初開，汝爲口講指授亹亹不倦，遊其門者多敦實學，郡中文風藉以大振。嘗爲諸生書屏

〔一〕 熊中流：《馬汝爲及其書法》，元江哈尼族彝族傣族自治縣地方誌辦公室编：《馬汝爲詩文選》，德宏民族出版社，一九九六年。

帳甚多，旋入都備員詞館受特達之知，惜抱井被水，詩文稿無存，僅留所書寺廟匾聯。』從『嘗爲諸生書屏帳甚多』這句可以推知，馬汝爲與學生相處極爲融洽，如有學生求字，大都慷慨揮毫。

如今，滇中各地還能看到馬汝爲的各種書法留存，雲南省圖書館、昆明曇華寺有其墨蹟之刻石〔一〕，元江縣城南門外的《萬壽橋建橋碑記》爲其所作；通海秀山公園有其行草『緑滿窗前』匾額一方。還有散失於二十世紀五十年代的狂草『西天聖人』（因遠大佛殿），行草『海市弘深』（因遠觀音殿），行楷『南天土主』（因遠刀代祠）等〔二〕。熊中流從他人私藏中看到馬汝爲八幅行草七絶和一幅行草古風，拍照收入元江縣縣誌辦所纂《馬汝爲詩文選》〔三〕。馬汝爲後裔馬仲偉所注《馬汝爲詩選》中收有馬汝爲行書作品圖片五幅〔四〕。本書附録中所收十二幅馬汝爲書法圖片，皆爲馬仲偉提供。

〔一〕 楊大業：《明清回族進士考略》（十六），《回族研究》二〇〇九年第一期。
〔二〕 饒平：《太史第藏身尋常巷陌　翰林塚殘存孤村荒地——清代著名書法家馬汝爲故里尋訪記》，玉溪網，二〇一六年八月九日。
〔三〕 元江哈尼族彝族傣族自治縣地方誌辦公室編：《馬汝爲詩文選》，德宏民族出版社，一九九六年。
〔四〕 馬仲偉：《馬汝爲詩選》，二〇一三年。

三、縝密清麗，自寫性靈

從《馬悔齋先生遺集》一百餘首詩中，可以大致瞭解到馬汝爲的詩作内容及風格，有紀遊寫景、酬唱贈答、詠懷言志、詠物、題畫等幾類，描摹風土、寄情山水之作與羈旅愁懷、獨坐靜思之作[一]，風格質樸純真，意韻深遠綿長。唐繼堯在序中評其詩『清麗芊綿，低徊往復，殆山谷、後山所謂句中有眼者』，『簡重典雅……用字琢句超出繩墨，而又淵雅疏亮』[二]。丁兆冠説：『余讀其詩與文，皆不規規爲一家之作，而縝密清麗，自寫性靈，猶想見當日臺閣雍容之遺風矣。』

袁嘉谷（一八七二至一九三七）的《卧雪堂詩草》以論評及輯存近人詩作爲旨，其卷四選馬汝爲《壽黄繼安》《新興道中》詩二首：

元江馬宣臣書法蓋世，而詩文不傳。近見劉粹叔爲元江令，輯其遺集，擇録二首，以例其餘。《壽黄繼安》七律云：『楷模一郡士争趨，早向清溪作釣徒。白傅香山傳

[一] 朱昌平、吴建偉：《回族文學史》，寧夏人民出版社，二〇〇七年。

[二] 唐繼堯：《馬悔齋先生遺集序》，民國四卷本。

九老，王家玉樹羨三株。花開籬畔梅爲婦，果熟山中橘是奴。納履久思親几杖，稱觴遥進《九如圖》。』《新興道中》七絶云：『春來十日雨傾盆，曉起人家尚掩門。客路身遊圖畫裡，杏花春水緑楊村。』

馬汝爲的寫景詩清新自然，如下面這首詠歎春色的《春郊》有舒暢放達之意，選取典型事物，三言兩語勾勒出一個色彩斑斕、動静相間的春色圖，讀之令人如沐春風，心曠神怡。

陽春景物晝争妍，况是青郊雨後天。麥浪參差翻綺陌，柳絲摇拽帶新煙。鳥鳴高岸聲猶濕，花放山亭色倍鮮。十里平原舒望眼，早春知已兆豐年。

馬汝爲的述懷詩恬淡自然，多直抒胸臆，表達對寧謐、温暖時光的嚮往。如下面兩首《偶感》同題詩，前一首應是中年忙碌的馬汝爲，面對蒙塵的書本，想到遠方的父母，不由心生愧疚，想念家鄉安寧自在的生活；後一首應是老年獨守的馬汝爲，孤寂之中透着凄凉，回首人生，不禁有浮生似夢之感。

彭澤年來晤昨非，初心不是慕輕肥。書因性懶塵常積，門爲官閒客到稀。空似野葵傾白日，難將寸草報春暉。家山剩有閒生計，擬向秋江坐釣磯。

百折歸來鎩羽翰，老來獨自帶儒酸。小窗晴暖留冬雨，短榻淒涼怯夜寒。自喜深山無險徑，誰知宦海起狂瀾。浮生夢幻同蕉鹿，好向清江把釣竿。

倦鳥思歸的人生疲憊感在馬汝爲的詩中真實地呈現，他對好友感慨道：『不如返家園，荒江結茅屋。』在他的心目中，最好的人生不是位高權重、輕裘肥馬，而是『架擁鄴侯書，圃藝陶潛菊』（《秋日感懷簡王永齋檢討》）的詩書自怡和嶷然自守。

對照《馬悔齋先生遺集》的不同版本，馬汝爲的文章目前存世极少，僅有五篇：《元江清水河橋記》《關侯廟記》《催妝啟》（兩篇）、《定空上人塔銘》。前兩篇是紀文，記述元江地方風物、歷史和現狀，其中既可見其簡潔有秩的文風，又可感受到他心繫鄉民的胸懷。

《元江清水河橋記》三百餘字，記述了蜀人厲應龍慨然捐金數百爲元江清水河修建石橋的善舉。馬汝爲從元江的地理位置談起，就其『四面皆水，環城爲流』的地貌特徵做出概括，對其『水險於他邑』的情況進行描述，特别是『夏秋之交，雨水彌漫，波濤洶湧』，破舊的木橋弱不可支，接下來，馬汝爲對蜀人厲應龍捐金修建石橋的義舉給予贊賞，感慨於這位慷慨之士『固無求於元，而元又非其宗黨戚里，其何以樂善好施，又何心哉！世之强有力者拱手熟視，莫顧其利害之誰何，而慷慨好施，出於斯人，禮失而求諸野，君子良用，慨然而於斯人爲可喜也已』。

《關侯廟記》六百餘字，是爲元江關侯廟重修而作。馬汝爲從孟子『富貴不能淫，貧賤不能移，威武不能屈』的古語説起，文章前半段對關羽的生平以及三國歷史展開描述，中間用『光明俊偉之概，震於當時；成仁取義之風，傳諸後世』一句承上啟下，後半段轉入對元江關侯廟的記述，元江雖地處偏僻，但是人們虔祀關公的習俗仍在延續。元江關侯廟始建於嘉靖乙丑，萬曆丙辰重建，此次重修始於康熙辛卯冬，翌年仲夏落成。

《定空上人塔銘》四百字，是馬汝爲追憶一位僧人朋友而作。他從定空上人的家世説起，自十幾歲祝髮爲僧，『晝夜勤苦，戒律精嚴』，跋山涉水，拜訪明師，以廣聞見，住錫海潮寺後，甘苦食貧，勤苦力作數十年，開拓寺宇，遍植松木，使該地成爲規模宏大、香火興盛的『勝地』。馬汝爲對定空上人『起嚴自守，不慕勢利』的高潔品性給予了高度贊賞，當這位『與余交最久且愛余書』的僧人圓寂之後，馬汝爲悲切不已。他還有一首寫給定空上人的挽詩，痛失知己的悲惋之情溢於言表：

《挽定空上人》

挂錫空山五十年，重來握手兩依然。青浮大鼎松千箇，翠掩柴門竹萬竿。談麈空懸麈壁上，遺經已付後人傳。三生石上曾相訪，再世同參栢子禪。

《催妝啟》則是兩篇含蓄華美的駢文，從中可以窺見馬汝爲多元的創作風格和深厚的辭賦功底。

經搜求整理，本書補充了兩篇文章，一篇爲《郭青來制藝遺稿序》。郭遠，字來倩，號青來，湖南桂陽（今汝城）人，博通經史，才華橫溢，但屢試不中，直至康熙五十年中舉人，馬汝爲正是當年主考。三年後，郭遠客死河北涿州，馬汝爲對這位『屢困塲屋且横罹非辜』的三楚才子深感悲切，精選其遺稿編爲《郭青來制藝遺稿》并作序。在序言中，馬汝爲以『文章之與福命，二者常不相兼』開篇，將郭遠的才學與其坎坷的生涯分而述之，對比之間令人唏嘘，文末對幫忙料理其後事的陳君和出資續刻其遺稿的王君給予贊賞。該序載于《乾隆桂陽縣誌》卷十一。

另一篇爲碑文。二〇二二年八月，筆者訪談馬汝爲後裔馬仲偉，馬先生提及沙甸老家有一塊碑石，族人皆知碑文是先世馬汝爲所撰，但是一直没有整理出來。一個月後，馬先生發來碑石圖片，斑駁之下極力辨認，這篇刻在青石上的『皇清恩旌節孝例贈宜人馬母沙太君墓』墓表確爲馬汝爲所撰，將其以《馬節婦墓表》爲題收入本書。該文九百餘字，是爲家族一位女性長者而作，馬汝爲在墓表中講述了她的生平，十六歲嫁入馬家，三個月後丈夫去世，守志五十四年，壽七十而卒。馬汝爲對其『代子事翁姑以壽終，撫教幼弟』的事蹟展開鋪叙，在講述其誓死不願再嫁的情景時，語言、神態、動作描寫極爲生動，最後，馬汝爲發出『其大節豈尋常女子所能及乎』的慨歎。

馬汝爲的文章雖存世極少，僅有寥寥數篇，但是仍可約略感受其文風。馬汝爲文與詩皆如其人，没有刻意逢迎，没有矯揉造作，不飾繁華，不重雕琢，善用白描的手法鋪叙生活點滴，抒發真實性情。民國七年，時任蒙自普洱道尹的丁兆冠在《馬悔齋先生遺集》序言中對其詩文『縝密清麗，自寫性靈』的評價是較爲允恰的。

四、品行端粹，持平有聲

國家圖書館藏《康熙癸未會試朱卷》載，馬汝爲『字宣臣，號玉同，行二，丁未年正月初九日生，雲南元江府學生，習詩經。鄉試第三十名，癸未科會試第一百六十一名，殿試三甲第十六名，欽授翰林院庶吉士。曾祖儒麟恩貢生，祖馬駟輿明參將，父富府庠生』。馬汝爲進士及第之日，家族門楣增光，鄉民無不爲之歡欣。馬汝爲在京城和地方都任過職，爲官期間，勤勤懇懇，盡職盡責，特别是在貴州銅仁任知府期間，勤政愛民，常懷憂患之思，把百姓疾苦裝在心裏，獲得了良好的社會評價。直至今天，元江縣的媒體仍在召喚人們品讀馬汝爲的詩詞，從中領悟他『反腐倡廉、扶貧濟困』的思想和『輕權貴、近平民』的人格魅力〔二〕。馬汝爲執政貴州銅仁府時，曾經化裝簡出，深入民間遍訪暗察，洞悉疾苦，察知豪强霸田一事，凡被占民田，命隨從暗植活樹一棵于田邊，并手書：『皇法不容强佔民田，知府馬汝爲到此』字樣，豪强見狀，不敢頑抗，立即還田并賠損失。『其他興利除弊、平冤解屈，等等，亦同時進行，民皆稱慶，讚頌不已。』〔三〕

康熙五十年，馬汝爲奉命主考湖廣鄉試。期間，他看到一份考卷，『歎其雄深老潔，知爲積學之士』，放榜後，果然是『三楚名諸生』郭遠，後來，郭遠來京城呈閱所作，馬汝爲讀後贊善不已：『余讀之，貫串諸經，旁通子史，其理本之程朱，其氣戢之古文先輩，嚴而不失之促，密而不流於隘，其得維山先生所謂緊字訣者，其可傳世行後無疑也。』可惜這位才子春闈不第，三年後客死涿州，馬汝爲得知後深感痛惜，精選郭遠遺稿編爲《郭青來制藝遺稿》，并爲之作序，他在序言中感慨道：『其詩古文亦深入古人堂奥，孝友之行爲鄉黨所稱，生徒經其指授者爲文章悉有法度可觀。』惋惜之餘，他與幾位友人一起爲郭遠編輯遺稿，付梓續刻，買棺歸櫬。

〔二〕 季永鵬：《馬汝爲：良好家風塑品格　清正廉潔爲百姓》，《玉溪日報》，二〇二〇年八月三日。
〔三〕 馬福興：《馬汝爲軼事軼聞簡録》，《元江文史資料（第一輯）》，内部資料，一九八七年。

這些義舉既體現了馬汝爲的識才、惜才、愛才之心，也反映出他助孤扶弱的古道熱腸。

康熙六十年慶典時，一些官場中人巧立名目，弄虛作假，中飽私囊，大肆搜刮民脂民膏，馬汝爲不忍心魚肉百姓，更不願與貪官爲伍，損害朝廷和百姓利益，便毅然辭官歸里。馬汝爲回鄉後，回絶了當地官員的拜訪，在遠離縣城的叢桂山莊安度晚年。《移居叢桂山莊》一詩正是他辭官後超脱心境的體現：『我昔居城市，今移住山巔。匪獨畏炎蒸，欲謝塵俗牽。結屋僅如斗，築牆甫及肩。居處雖云陋，吾意實悠然。』還鄉的馬汝爲遠離喧囂，選擇在山野之間享受安寧和自在，『山田僅數畝，復與菜畦連。花木皆手植，生意滿窗前。有暇課兒侄，時複親簡編』，没有卸職後的失落，而是用温情的陪伴彌補多年宦遊在外對家鄉、對家人的愧疚。

馬汝爲正直的品質和曠達的個性與家庭教育密不可分。其父馬駙就是一個『讀書學古自奮』的人，非常重視家庭教育，當地人稱『數清門文彩，克世其家者，以馬氏稱首』[一]。馬駙不僅『嚴教諸子，課以經史古文』，而且鼓勵兒子向良師益友學習，遊學滇中，『取友四方』[二]，主動結交名士，鍛煉才幹。馬駙天性孝友，篤于行誼，重義輕利，與人坦易，照顧寡姐四十餘年。

[一] 王掞：《文秀馬君墓誌銘》，《馬悔齋先生遺集》，民國四卷本。

[二] 劉達武：《馬悔齋先生傳略》，《馬悔齋先生遺集》，民國四卷本。

有鄉民被誣告入獄，他前往説明情況使其得以釋放，還『不令其人知之』，後來那人知道了，持金來謝，馬䮄『笑卻之』。元江舊賦一千九百餘石，後增至數倍，馬䮄奮力争取減賦。他還爲鄉里捐款，修建尊經樓，購置典籍，供給膳食。晚年築室于城南隅，以農圃文史自娱。[一]父親的言行對馬汝爲的一生産生了深刻的影響，馬汝爲在外爲官，父親的家書一直伴隨左右。馬汝爲中進士後，受召在乾清宫面聖，因『奏對條暢，天顔甚喜』，其父聽説後提醒他『爾一介小生，知遇聖主，宜竭忠以報，矧詞林職司文炳，勿薄制義爲小道，宜熟復爲他日持衡地』；當馬汝爲因故降補國子博士，其父訓誡他『隨分盡職，勿萌怨尤』；當馬汝爲遷佐廷尉，操刑獄事，其父又叮囑他『哀矜勿喜』[二]。馬汝爲也將這份家學言傳身教給自己的後代。當他得知大兒馬士琦準備放棄學業、投筆從戎時，他寫下諄諄寄語：『自顧慚羸弱，挽弓力不支。爾質亦柔脆，戎行非所宜。不如守舊業，留意書與詩。勿云不適用，乃是祖父遺。結習本難忘，求道必由斯。』

[一] 白壽彝：《回族人物志（清代）》，寧夏人民出版社，一九九二年。
[二] 蔡珽：《元江馬君文秀墓表》，《馬悔齋先生遺集》，民國四卷本。

五、往來交遊，同氣相求

康熙六十年夏，昆明大旱，縣令朱若功親率衆人攀太華山龍湫窟祈雨。據説去時烈日當空，返回的路上即天降甘霖，旱情得到了緩解，百姓感念于『甘霖果應』，繪贈《望雨圖》，昆明文人熊載撰《望雨喜雨圖詩》，縣太史謝履忠以及當地文人謝履厚、孫鵬、徐翔鶤、王綱振、陳玫、徐曙、任重、趙元祚、司鈞、范啟仲等人也紛紛前往觀賞此畫，并作同名詩以記頌此事，馬汝爲也參與了這場官員與地方文人的雅集。這十幾人所作的三十首《望雨喜雨圖詩》留載于《武川詩鈔》卷十二，其中就有馬汝爲的四首，兹録於此：

辛丑夏旱亙千里，中田有禾枯欲死。朱侯徒步禱桑林，甘雨如注心則喜。
跨馬郊原省農耕，酒食攜來餉婦子。村童羅拜列馬前，轉凶爲豐受公祉。
吁嗟吏道今難言，早夜止勤催科耳。朱門歌舞畏春陰，甯顧溝壑有轉徙。
願將朱侯喜雨圖，遍視民牧作懿軌。聖主至今重循良，霖雨蒼生自兹始。

這四首詩是在特定時間和地點爲特定事件而作的『命題詩』，康熙六十年正是馬汝爲從貴州銅仁歸里那年，已是花甲之年的馬汝爲回到家鄉，出現在昆明的一次因祈雨而發生的文人雅集之中。與其他人的同題詩相較而言，馬汝爲的這四首詩雖也力贊縣令朱若功『憫雨同民憂，喜雨同民樂』的祈雨活動，但是用語平實，并無刻意抬高的諂媚之態，特别是最後一句『聖主至今重循良，霖雨蒼生自茲始』，將天降甘霖的喜事歸功於上，這樣的做法固然與其年齡、身份和閲歷息息相關，但也從一個側面反映了其個性。

根據目前極爲有限的文獻，對馬汝爲的交遊範圍做初步推測，其交遊對象主要有三類人：一爲同鄉，一爲同僚，一爲同教。

陳沆（一六七九至一七六一），字存庵，石屏人，雍正甲辰科進士，與馬汝爲、王思訓并稱『滇中三傑』，與馬汝爲交最善。歷任湖南武陵縣知縣，升遷吏部稽勳員外郎、浙江處州知府、湖南衡州知府。爲官廉能，詩文雅切。雍正時爲衡州知府，修治書院，招下縣俊才少年以爲弟子，受誦詩禮，置學田供諸生膏火之資，用心培養人才，振興文教。著有《湖亭文集》。馬汝爲與陳沆相差十數歲，但師出同門又性情相投，自此二人成爲『同調』之人。《寄陳存菴》兩首是馬汝爲在『薊北春寒』之日寫給陳沆的回信，對『高齋對局聞雞唱，匡坐談詩到夜分』的往昔懷念不已，相約秋天一同泛舟家鄉的异龍湖。馬汝爲用詩寄託對朋友的思念，初春時節就期盼着秋日的相聚，明媚秋光之中，『小艇同君展釣絲』該是多麽愜意的事啊！

海內情親獨見君，天涯十載悵離群。高齋對局聞雞唱，匡坐談詩到夜分。吴子未由楊杜牧，馮公深愧失劉蕡。誰爲狗監憐才士，憶爾情懷似酒醺。

薊北春寒雁影遲，忽傳魚素慰懷思。師門廿載稱同調，帝里頻年感數奇。返日無戈年易去，懷人有夢路偏岐。龍湖八月秋光好，小艇同君展釣絲。

張漢（一六八〇至一七五九），字月槎，號莪思、蟄存。康熙癸巳進士，授檢討，官河南知府、山東道御史。生於石屏寶秀張本寨書香世家，曾祖父張一甲、祖父張良伍、父親張景宿皆爲飽學之士。張本寨村在東赤瑞湖邊，張氏建有古柏書房，家族子弟皆在此讀書。張漢在河南任上『清慎勤爲』，雍正八年，因『不阿上游，誣以狗庇僚屬』，被罷官，乾隆元年復出，在山東『任有直聲』。丁卯年辭官歸里。曾爲松村石林寺題亭柱聯：『笑紅塵渴利渴名，喝一勺之多，如冰斯冷；愛白泉飲廉飲讓，寫十年之書，與水同清。』著《留硯堂詩文集》，其中有多首與馬汝爲往來詩：

一別芝顔秋復春，愁生鄙吝渴生塵。官如旅夢争長短，市比交情辨假真。步武蓬山懷舊史，風流松雪想前身。饒他兒輩輕評品，野鶩家雞本不倫。

《寄懷前輩馬宣臣（其一）》

今是昨非非更非，狎鷗海上欲忘機。入山宅喜歸雲暗，似水門隨過客稀。龍伯高猶師謹勑，馬文淵獨罹讒譏。與公偕隱憐同病，計翦新荷當錦衣。

《寄懷前輩馬宣臣（其二）》

吹笛關山怨，臨風懷馬融。愁嫌增鬢白，醉喜駐顔紅。隔面渾如語，酬吟豈較工。寄言消暑地，酒政借青筩。

《和宣臣來韻》

銀生節度銅仁郡，寶氣從來上燭天。官豈辭金愛廉介，老仍辟谷比神仙。文章聲價中年得，水石風流我輩傳。遥想伊人秋水在，江城對岸柳含煙。

《寄馬宣臣前輩》

其中，有一首《西湖別墅走筆宣臣輩索詩》，恰與《馬悔齋先生遺集》中的《和張月槎西湖別墅見懷韻》是一組，可放在一起來看：

鳳凰山下小西湖，攬轡行過有句無。但使詩人增氣象，便應塵海作蓬壺。聲施儗附青雲出，和寡終憐白雪孤。張氏隱居傳杜甫，至今僻壤亦名區。

注：杜甫有題張氏隱居詩。

張漢：《西湖別墅走筆宣臣輩索詩》

最愛西湖達昇湖，石坪形勢四方無。春風草閣耽詩句，夜月扁舟載酒壺。湖畔莎青沙鳥集，嶺頭松老野雲孤。愧無杜老春山韻，張氏隱居洵不如。

馬汝爲：《和張月槎西湖別墅見懷韻》

從這兩首詩的内容可以知道，張漢在家鄉石屏的小西湖旁有一處住所，此處遠離喧囂，環境幽美，他隱居其間，讀書作詩，享受一份悠然自得。馬汝爲對此很是欣賞，於是主動向張漢索詩，張漢的詩表達了對這片清幽之地的喜愛，直白地袒露了自己孤傲的個性，并拿杜甫的《題張氏隱居二首》打趣自己，其實也是用杜甫這位『不貪夜識金銀氣，遠害朝看麋鹿遊』的張姓朋友自比，而馬汝爲的回詩則對張漢『嶺頭松老』般的品格給予了肯定。

二人的往來詩很可能作於一七三〇年，因爲次年馬汝爲就去世了，也就是説，張漢於一七三〇年被誣告罷官從河南返回家鄉，選擇隱居湖畔讀書以平復心態，這也就很好理解他在寫給馬汝爲詩中的不平之氣了。『龍伯高猶師謹勑，馬文淵獨罹讒譏。與公偕隱憐同病，計翦新荷當錦衣。』二人皆因耿直的個性而成爲官場失意之人，言詞之間有『同病相憐』之感，但是畢竟馬汝爲年長張漢近二十歲，作爲『過來人』，他用平淡沖和的語氣寬慰張漢，雖未直言其遭遇，但雲淡風輕的背後是一份真誠的理解。

王思訓，字疇五，號永齋，昆明人，康熙丙戌進士，改庶吉士，授編修，歷官侍讀。博極群書，兼工駢文古文。有《滇南通考》《征刻滇詩啟》《滇乘》。楷書、行書皆善。《晚晴簃詩匯》卷五十七收其詩四首。錢熙貞，字亮采，號飛濤，雲南武定人，清康熙辛酉舉人，官兵部郎中。有《亮采詩集》。《雲南通志·人物志》有傳。馬汝爲在《秋日感懷簡王永齋檢討》中説『惟君與駕部，相親比骨肉』，指的就是王思訓和錢熙貞，而産生如此感慨的原因大概是三人同爲宦遊之人，都經歷了從少年壯志滿懷到中年疲憊無奈的變化。『憶昔少年時，志不甘雌伏。中歲歎數奇，十事九迫蹙。努力赴功名，又恐覆公疏。高堂有老親，不得問寒燠。入宦生計疏，閒愁積萬斛。』而在庚午年重陽日同登圓通山之時，馬汝爲、王思訓都還未入仕，斑斕的秋景隨着一路輕快的腳步化爲下面這兩首詩：

石磴盤旋破緑苔，小亭香泛共徘徊。煙寒萬樹秋將老，雲滿千峰雨欲來。漠漠遠郊餘戰壘，離離衰柳憶歌臺。一樽相對須傾倒，莫遣黄花笑客回。

王思訓：《九日登螺峰月石亭》

潔榼高登月石臺，黄花繞徑傲霜開。煙寒萬樹秋將老，雲滿千峰雨欲來。漠漠遠村餘戰壘，蕭蕭紅葉蔽莓苔。升沉本是尋常事，莫爲登臨客思哀。

馬汝爲：《庚午九日同王疇五登圓通山》

不難發現，這兩首詩極爲相似，甚至有相同之句，原貌究竟爲何如今已不得而知，很可能是在傳抄過程中發生了錯誤，但可以肯定的是，這兩首詩是二人重陽節同登圓通山時所作，一唱一和之間盡顯才子風流與同鄉之情。

何其偀（一六七四至一七二三），石屏人，何慥第三子，字天成，號六谷，别號洞虚子。康熙廩貢生。學問淵醇，工詩文，善書法，因多歷名山大川，對各地風俗、人事有所考查。著有《滙江圖説》《元師平滇道路考》《墨雨樓集》《西藏指掌圖》。馬汝爲有《和何洞虚妙應講寺韻并序》，詩序記録了一件趣事：『丁酉歲，夢游昆明山寺，能一一記其曲折。今春登陟山妙應講寺，宛然夢中所見。内懸老僧畫像，上題句云：「何年得遇洞虚子，石鼎當窗煮露芽。」與兄號相符，亦异事也。』

何其偉，字石民，何其偀之弟，康熙乙卯舉人，官浙江遂昌知縣。注重興學課士，作育人才，不久告養歸，詩書自娱，宏獎後進。詩文清雅，著《我堂詩古文集》，參與纂修《雲南通志》《臨安府志》等。馬汝爲有《春日懷張月槎何石民》《何石民招飲西園》。

吴自肅（一六三〇至一七一二），字克庵，號在公，山東海豐（今山東無棣）人，康熙甲辰科進士，授職江西萬載縣令，仕至山西河東道布政使司參議加一級，誥授朝議大夫。康熙稱其『文治武功，忠貞善政』『精韜略技藝，數一著武功』『真乃忠臣良將也』『愛民禮士，公正廉明』。歷任江西萬載縣知縣、户部主事、員外郎、刑部郎中、雲南提督學政、雲南按察使司僉事、山西河東道布政使司參議等。精韜略技藝，以文吏而著武功。所著有《萬行草志》《我堂存稿》《作文家法》留世。《元江志稿》卷二十四藝文志載有一首吴自肅的詩《贈元江馬生》：『棲霞山上瘴如雲，旭日光華喜見君。濯濯春姿堪共對，盈盈秋水欲平分。摛花入夢傳真派，代草登朝續令聞。珍重吾曹期許意，驊騮五色本空群。』按語稱：『蔡珽《文秀馬君墓表》稱，馬宣丞受知于吴克庵，有國士之目，故贈之如此，而舊州志僅題「贈元江馬生」五字，不載克庵姓字，今從元人藏稿考正，克庵，自肅號也』。從詩的内容來看，吴自肅毫不掩飾對馬汝爲的欣賞和期許，末句頗有伯樂識才之意。當康熙戊辰元江重修府學之時，吴自肅正督學雲南，馬汝爲請其爲之記述這一元江文教盛事，吴自肅欣然提筆，寫下《重修元江府學記》，他直言在元江一帶『最所賞异者曰馬生汝爲，恒來署中與數晨夕焉，生輒以桑梓風教爲拳拳叙修學之因而請』。他從元江府學之初談起，重申文教的重要性，『以馬生請先爲根本之説，存于表章砥礪之願』。兩年後，也就是庚午年，元江文昌祠重修落成，馬汝爲再次請吴自肅記之，於是有了《元江文昌祠記》。

李發甲（一六五二至一七一七），字瀛仙，號雲溪，雲南河陽（今澂江）人。康熙二十三年舉人。初爲大理府教授，以卓异升直隸靈壽知縣。旋擢御史，歷山東布政使，改口北道，進天津運使，授福建布政使。五十二年至五十六年間，兩任偏沅巡撫，以政績著。捐建貢院，屢疏湖南、湖北鄉試分闈，更有先事之功。能詩文，有《居易草堂詩集》《居易草堂文集》，後人編爲《李中丞遺集》。善書法，雅近董其昌。馬汝爲其父墓表中稱，馬汝爲與昆明王永齋交最善，又受知於謝存戩、吴克庵。劉達武考證元江舊志，玉臺山上有玉臺精舍，當年父親去世後，馬汝爲從京師返鄉在此守喪，王永齋過訪老友，并作《玉臺精舍》七絶贈之：『山上樓臺山下泉，結茅巖畔學高眠。於今盡望斯人出，休愛秋林幾樹煙。』吴克庵亦有七絶一首：『一峰矗起影嶙峋，樓閣參差萬象新。放眼遥從天地外，可能久是石泉人。』兩詩皆用意馬汝爲早日出山。當時在元江作教授的李發甲亦有詩：『江流一鏡漾仙溪，極目波光天與齊。閑抱素琴看釣叟，青雲是處任君梯。』

甘國璧（？至一七四七），字東屏，號立軒，雲貴總督甘文焜子。康熙間以蔭授河南陝州知州，歷山東登萊青道、江蘇按察使、雲南巡撫，乾隆間纍官綏遠城左翼副都統。有《農圃要覽》《實政條要》。馬汝爲有《和撫軍甘立軒先生留芳園雜興》十首。

林國賢，字青選，元江副將。馬汝爲有《壽林青選總戎》。

祝宏，字皋衷，元江太守。馬汝爲有《祝皋衷太守調任吾元之官感而賦詩》。

羅鋐，元江知府。《元江志稿》卷二十四藝文志載《送馬生宣丞公車北上》：『一第君何重，吾門喜得人。長乘萬里浪，遠拾帝鄉春。榴火摇征蓋，荷香送去輪。棲霞山上望，猶見別時塵。』

馬汝爲在康熙四十二年中進士，此後十年皆在京爲官，直至康熙五十四年因父親去世歸家服喪。在京師期間，馬汝爲結識了一些同僚，汪份就是其中一位，他倆是同年進士，同爲編修，《元江尊經閣記》《元江府學記》均爲汪份受馬汝爲所請而作。

汪份（一六五五至一七二一），字武曹，江蘇長洲（今江蘇蘇州）人。少嗜學。與陶元淳、何焯俱以文學知名，同遊徐乾學、翁叔元之門。康熙四十二年進士，改翰林院庶吉士。散館，授編修。曾任廣西鄉試副主考，後奉命督學雲南，未赴而卒。編有《明文初學讀本》《甲戌房書》，批點有《四書大全》，著有《遄喜齋集》及《河防考》十卷。

康熙五十二年春，元江府學落成，作爲一名家鄉『去京師九千里，所謂荒徼絶僻之尤者』的京官，馬汝爲得知消息後非常高興，請汪份爲之記述。在近一千三百字的《元江府學記》中，汪份生動地描述了馬汝爲對家鄉的情感：

蓋自本朝以來，元江土著人之爲學生者，自宣丞之尊甫文秀先生始；其舉于鄉、遂成進士、選入史館者，自宣丞始；其後，宣丞之兄左丞、觀丞又復連舉於鄉云。宣丞入史館與余爲同年，因知其郡人益務通經稽古争相觀勉于爲學顧，獨聞其學宫卑陋無能改於其舊，宣丞往往爲諮嗟歎息，言之而不勝其感也。及余今年復來居館下，宣丞喜動顔色而語余曰：『吾元江之學宫至今日而始得其恢宏，其廟宇拓大，其廊廡比於畿甸郡國之制，以一洗前日之陋，則太守會稽章君自捐自措，不擾民間一草一木一夫一役之功也。』

記文寫成之後，汪份的書法家弟弟汪士鋐『見而欣然援筆書之，遂郵致于其兄使刻諸石上』，再爲元江地方文化史增添了靚麗的一筆。

除了與同僚、同鄉往來，馬汝爲的交遊對象還有同教之人。作爲一名回族文人，他參與了清代回族思想家劉智的著作《天方典禮擇要解》的出版活動。《天方典禮擇要解》是明清時期回族知識分子推動的『以儒詮經』活動的重要成果之一，在伊斯蘭教中國化歷史中具有重要地位。全書共二十卷，約成書於康熙四十五年至次年上半年[一]，在這部書的卷五、卷六、卷七、卷八的首頁皆有『沅江馬汝爲宣臣閱訂』字樣。康熙四十五年到四十七年間，劉智在京城一邊向名士推介自己的兩本著述——《天方性理》《天方典禮擇要解》，一邊搜集散落民間的回族典籍。其時的馬汝爲是一位從事國史修撰和文書校注工作的檢討，從時間來看，他大概是在此期間見到了《天方典禮擇要解》這部重要的回族文化著述，并仔細閱讀了其中的四卷，而且很有可能參與了完善書稿的具體工作。

六、子孫綿延，詩書傳家

時至今日，雲南歷史文化名人馬汝爲才高學博、爲官清廉、詩書傳世的故事仍在流傳。人

[一] 馬在淵：《劉介廉先生編年考》，甘肅人民出版社，二〇一二年。

們尋訪他的故居〔二〕，追溯他的家世，稱頌他的品行，民間還有許多附會在馬汝爲及其家人身上的離奇故事，使這位雲南回族文人的身份呈現出複雜多變的瑰麗色彩。

滇西有句俗語：『麗江粑粑鶴慶酒，劍川木匠到處有。』劍川素稱『木匠之鄉』，清代《滇南新語》中記述：『滇之七十餘縣及鄰滇之川黔桂等省，善規矩斧鑿者，隨地皆劍民也。』可見劍川木匠人數衆多，技藝精良。劍川木雕藝術歷史悠久，蜚聲海内外，如今已被列入國家級非物質文化遺産名録，每年八月初八舉辦熱鬧非凡的『木匠祖師魯班會』，除此之外還有許多關於木匠的故事、傳説、歌謡和叙事長詩等。其中有一則《木匠翰林馬汝爲》情節生動，廣爲流傳，擇一版本述其梗概：

〔二〕《玉溪日報》記者饒平于二〇一六年在白族協會秘書長李崇凱的帶領下尋訪馬汝爲故居，它坐落在元江澧江街道原正街中段馬家巷内，其範圍包括古東，臨江岸起建，建築早傾，規模樣式多難以辨認，一九五八年以前尚有經多次修繕的廳堂一幢，曾作爲縣文化館閲覽室，大門框架尚在，門額上原豎有『太史第』横匾一塊（已失）。今馬家巷底原立牌樓坊一座，其名『翰林坊』。民國七年秋，代知元江縣事劉達武尋訪馬氏故宅時，已顯破敗，立了一塊『所謂伊心』碑于宅左。『所謂伊心』碑現仍在，爲漢白玉石，高二百釐米、寬三十八釐米、厚十二釐米。碑額横批『所謂伊心』四個隸書大字，右上款直書『中華民國七年秋九月之吉旦』，左下款直書『代知元江縣事劉達武同合邑士紳立石』。見饒平：《太史第藏身尋常巷陌　翰林塚殘存孤村荒地——清代著名書法家馬汝爲故里尋訪記》，玉溪網，二〇一六年八月九日。

清康熙初年，劍川東廂（東嶺）三壇神西鳳村馬木匠家連遭不幸，妻子病逝後，馬木匠帶上兩個兒子出門討生活。父子三人從劍川出發，逶迤經大理、蒙化（巍山）、景東、墨江，一路打着短工，走走停停，秋後纔到元江。平時，馬木匠帶着大兒子到村寨裡去攬些活計，小兒子馬汝爲幫忙拉墨線，撿些刨片作柴火。父親與哥哥錛砍大料時，馬汝爲還可以騎在大料另一頭，爲他們作料枕。汝爲時常看到别家孩童入塾念書，心裡煞是羡慕，但是家中無錢。一日，私塾楊老儒師發現汝爲口齒伶俐，對應自如，勸説馬木匠讓汝爲讀書，并慷慨允諾，不收一分學資，讓汝爲半天讀書，半天學木匠。康熙三十六年，馬汝爲考上了秀才。一個秀才經常操着工具斧頭去做木匠要被世人笑話，但馬汝爲早將此抛至九霄雲外，埋頭讀自己的書，幹自己的活，也因『秀才木匠』這個頭銜在元江出了名。一時間，馬木匠父子三人在元江的木工活忙得攬不完。馬汝爲爲老百姓掌墨設計時嚴謹厚實、因地制宜、節約材料，木雕圖案的設計精美實用、牢實大方，受到了老百姓的贊揚。每當竪新房時，馬汝爲不僅爲主人家寫對聯，而且根據各家各户的情況以景以實來作對聯，竪柱上大樑時，馬汝爲爲主人家道的『吉利詞』特别受歡迎。『紫金梁、紫金梁，元江紫木做大樑；主人選得黄道日，後人個個挑大樑。主人厚道多吉日，良心總用尺子量；四鄉八寨同慶賀，共祝主人竪新房。今天大樑上房後，地久又天長。』康熙四十一年，馬汝爲中舉人，第二年春闈進京會試。考官閲卷時衹見馬汝爲書法骨力剛勁，形神飄逸，書法功底之深厚，非同尋常之輩，遂呈送康熙審閲，康熙大帝觀後，興致甚佳，遂在卷首御批『字壓三江』四個朱砂大親筆。康熙爺的御批無疑給馬汝爲的考卷錦上添了金花，使當年的馬汝爲不僅高中了進士，還被提名點爲翰林。從此，馬汝爲名揚天下，馬汝爲的字帖一字可值千金。馬汝爲的喜報傳了下來，一時元江街頭巷尾如同炸開了鍋，各村寨的父老鄉親趕來恭喜道賀，爲元江出了這位『木匠翰林』感到無比的高興與自豪。〔二〕

在另一個版本的故事裏，馬汝爲在老師的幫助下刻苦讀書，考上翰林，但因爲窮困，最後還是返鄉做了木匠，皇帝來請，他卻再不願向權貴折腰，成爲『不對醜惡勢力妥協，甚至敢於鬥争、善於鬥争』的『馬汝爲師傅』〔三〕。馬汝爲寧肯當木匠也不願到京城做翰林的舉動，受到了當地百姓的肯定和贊揚，該故事在劍川廣泛流傳，有人認爲反映了『白族人民熱愛勞動的社

〔二〕　該故事是在兩千多字的故事《木匠翰林馬汝爲》基礎上删減而來，詳見張笑：《木匠翰林馬汝爲》，載《大理日報》，二〇一三年一月二十三日。

〔三〕　李世武：《白族木匠傳説的三種基本形態》，《曲靖師範學院學報》二〇一〇年第一期。

會風貌』〔二〕。還有一個版本講的是，建陽三壇神村的小木匠馬汝爲一次到元江做木活，與員外的女兒相愛，員外非常勢利，揚言要想娶他的女兒除非馬汝爲考中狀元，結果，馬汝爲在毫無準備的情况下參加了當年的考試，不僅中了進士，還被皇帝點爲翰林，專門在朝中草擬奏摺。而在另一個版本裏，馬汝爲是一個智慧、果敢的木匠形象，『馬汝爲木匠之所以能挫敗那些傲慢自負的文人，靠的是真才實學和隨機應變，他的取勝令人心悦誠服。在《木匠翰林》中，木匠更進一步擁有「狀元之才」的美譽，徹底蕩滌了人們頭腦中對勞動者所持的「才疏學淺，甚至胸無點墨」的慣常看法』〔三〕，成爲平民勞動者心目中的『英雄』。

這些至今流傳在雲南劍川的木匠故事，顯然并非元江馬汝爲其人其事，馬汝爲的家世和主要經歷前文已經有所梳理，其父并非木匠，他也并非『不做翰林做木匠』的民間藝人，民間故事中的馬汝爲并不是史籍中的馬汝爲。但是，故事中木匠馬汝爲進士及第的時間與元江馬汝爲進士及第的時間一致，康熙盛贊其書法并御批『字壓三江』等情節與元江馬汝爲書法卓越的史實高度相似。歷史講求邏輯思維和客觀講述，而民間故事、傳説是形象思維，以生動具體的情

〔二〕張向東、鄒紅：《從民間故事看古代白族的倫理思想》，《道德與文明》一九八九年第一期。

〔三〕楊曉勤：《略論劍川木匠故事中的木匠形象》，《民族藝術研究》二〇〇四年第五期。

節取勝，二者既有區别又有聯繫。民間文學往往依託於史實進行誇張和演繹，那些看似真實、其實不真的故事反映了民間文學的虚構性和歷史性雜糅的特點。不過，所謂的虚實是以史學家的眼光而論的，『許多民間傳説和神話故事的具體情節或者人物都有可能是虚構的，但是他們所表現出來的歷史情景與創作者和傳播者以及改編者的心態與觀念卻是真實存在的』〔一〕。

傳説實際上是民間群體通過自己的方式建構起來的地方歷史，它『提供了現實生活必要的歷史記憶』〔二〕。人們將最熟悉的生活情景變爲口口相傳的故事、傳説并代代相傳，表達着内心對美好生活的憧憬。劍川地區有悠久的木工技藝傳統，所以關於木匠的故事和傳説最多，『引人入勝的傳奇性情節是傳説的生命，是吸引民衆的關鍵所在』〔三〕，而製造跌宕起伏的情節、産生明顯落差的對比效果是民間創作者常用的手法，《翰林木匠》正是成功運用這一手法的故事典型，既真實地反映了當地高超的木工技藝傳統，又用欲擒故縱的方式道出了歷史上民間手藝人的辛酸和卑微。

〔一〕 萬建中：《民間傳説的虚構與真實》，《民族藝術》二〇〇五年第三期。
〔二〕 萬建中：《民間傳説的虚構與真實》，《民族藝術》二〇〇五年第三期。
〔三〕 閆博、孟子勳：《從歷史到傳説：宋代割牛舌疑案的流變及成因》，《北方民族大學學報（哲學社會科學版）》二〇二一年第三期。

那麽，劍川和元江相去甚遠，劍川人爲什麽要將一個木匠形象附會在馬汝爲身上呢？或者説，爲什麽選擇馬汝爲這一歷史人物來講述劍川木匠的故事？馬汝爲有一首《爲麗江友人題畫，渺然有故鄉之思》，是他爲一位麗江朋友的畫作題詩，其中寫道『先世金華徙玉臺，一官南北又歸來』，金華即劍川金華山，玉臺即元江玉臺山，馬汝爲的這句詩似乎隱含了某些家世資訊。民國劉達武曾聽鄉人吴茂才（香亭）説，馬汝爲的母親楊安人是『僰種』（僰人是白族的重要來源之一），民間還流傳着關於其生有异象，自帶『熒熒射人』之光芒的故事。一九二三年，趙藩在將《馬悔齋先生遺集》二卷本收入《雲南叢書》時，曾爲其作序，文末提到『劍川父老相傳云，先生先世曾居劍川，城東北有其先墓，其祖駟輿，明季歲貢生，載名劍川志中，不知何年轉徙臨安、元江，莫能詳也』。將這三條資訊串起來看，似乎可以做一個猜測：馬汝爲的祖父曾在劍川生活，母親是白族。但是，從馬汝爲的父親馬駢的墓誌銘和墓表來看，其中并無在劍川居住的資訊，衹是説馬氏家族自第七代便從臨安（即今建水）遷至元江，也就是説，馬汝爲的祖父馬步衢（第八代）、父親馬駢（第九代）都是在元江生活。限於材料，探求衹能暫時止步於此。我們看到，在今日大理回族文學史中，馬汝爲被收入其中。馬汝爲的後人馬仲偉也説，有很多大理人説馬汝爲是劍川人，這種説法大概是可信的。

目前所收集到的相對準確的資訊是，馬汝爲的後人從元江遷出，定居建水馬家山，後一部分遷至建水回龍（今培德），一部分遷至個舊沙甸。歷經百年，在沙甸的這一支不僅站穩了脚跟，而且發展成爲在當地很有影響的大家族。『林氏滿門皆精華，一代書香出馬家』，説的是沙甸最有影響的兩個回族家族，其中馬家指的就是馬汝爲的後裔。繁衍至今，馬家人丁興旺，人才輩出，特别是在教育和文化界貢獻頗多，其中有一位書法家馬仲偉頗有先世馬汝爲之遺風。

馬仲偉，一九四七年生，雲南著名書法家，諸體兼長，亦工於詩詞、楹聯。現在老年大學教授書法、詩詞，從者甚衆。在授課期間，他編寫了《行草書法教程》《老年大學詩詞教程》《韻詞彙編》《詩病診斷》《馬仲偉師生書法集》等便於教學的書，詩詞作品主要有《魚麓山詩稿》《林下閑吟——馬仲偉五絶五律三百》《花間放懷——馬仲偉詞三百》《山頂狂歌——馬仲偉七律三百》《雲中縱筆——馬仲偉七絶四百三十五首》等。

其祖父馬玉庭二十世紀四十年代任沙甸回族俱進會會長，爲沙甸民族團結做出過積極貢獻。其父馬谷曾在沙甸魚峰學校執教多年，後籌辦雞街中阿學校并任校長，爲民族教育貢獻了畢生精力。其母林惠若出生於書香門第，兄林興華、林興智二十世紀三十年代留學埃及，表哥白亮誠爲回族著名學者。

馬谷、林惠若共有子女七人，馬仲斌、馬仲瑶、馬仲章、馬仲偉、馬仲生、馬仲平、馬仲蓮。家門前一條小河潺潺流淌，門柱上書『傍水居』三字，庭院内有兩棵繁茂的龍眼樹，碩大的樹冠下全無夏日炎炎，更顯出院落的整潔。馬家詩書傳家，墨香不絕，七兄妹幾乎個個能寫書法、作詩詞、寫小説，僅以詩歌創作爲例：馬仲斌有《菊花山詩稿》（二〇二二年），馬仲章有《玉帶河歌吟》（二〇二一年），馬仲偉有《魚麓山詩稿》（二〇〇五年），馬仲平有《鳳尾山詩情》（二〇二三年），馬仲蓮有《念湖淺吟》（二〇二四年）。在長輩們的身先示範之下，子孫多有所成，家風和睦，團結有愛，重視文教的『傍水居』一家成爲當地的顯族。每逢年節團聚之時，都會在『傍水居』舉辦家族書法會和背詩會，從剛剛識字的小學生到八十歲的長輩，人人自信揮毫，筆下生花，風格各异的條幅掛滿院落，大家即興吟詩，口占佳句，既是才藝的展示，更在家人一句句真誠的祝福和贊美之中，傳承血脈親情與家族文化。

馬氏家族奉行耕讀傳家的理念。馬汝爲勤學苦讀，終於在四十一歲那年高中進士，成爲家族的榮耀，這既與其祖父、父親的督促和勉勵密不可分，更是家人幾十年辛苦付出的結果。當得知長子馬士珩有投筆從戎的念頭時，他殷殷勸導『不如守舊業，留意書與詩。勿云不適用，乃是祖父遺。結習本難忘，求道必由斯』，勉勵兒子勤奮讀書，知詩書、達禮義，傳承家學。同時，他還督促説：『北郭有良田，荒廢久不治。督僕勤力作，耕耨須及時。霜稻甫登場，輸將莫少虧。』（《大兒士珩歸里作此送之》）衹有勤勞稼穡纔能養家糊口，耕种與讀書并行并重，學謀生與學做人相輔相成，如此方能安身立命。可以説，馬汝爲耕讀傳家的願望没有落空，在三百年後的今天，沙甸的這一支後裔人丁興旺，爲地方政治、經濟、文化、教育等領域做出了積極貢獻。

《馬悔齋先生遺集》序言一

民國八年三月，寶慶劉粹叔大令自元江寄其所輯《馬悔齋先生遺集》請序於余，凡文四篇，古近體詩若干篇，並附以遺聞軼事，都爲四卷。表彰往哲，用意極勤。余取而讀之，文爲先生居鄉時應酬之作，命題遣詞似不經意，蓋非其至也。詩則清麗芊綿，低徊往復，殆山谷、後山所謂句中有眼者，嘗疑吾鄉詩人輩出，而張月槎、錢南園諸老，似皆宗法盛唐雄直俊邁，未聞有取徑西江者，豈元遺山所云『論詩寧下涪翁拜，不作西江社裏人』耶！用爲歎惑。今觀先生之作，簡重典雅，吕紫薇舍人所謂『字字響』者非耶，用事琢句超出繩墨，而又淵雅疎亮，未嘗爲悽怨危憤激烈愁苦之音，亦與夏均父、晁叔用相近，是雖不規規於西江門户，而非後山、簡齋陳姓名與義。殆不足以盡之。近三十年來，海内詞壇瓣香西江以爲得詩家之正法眼，詎知二百餘年前，邊荒萬里外，固亦有私淑涪翁，神貌俱合而又不事表襮，如先生其人者歟。是可傳已。先生名汝爲，悔齋其號也。清康熙間官少廷尉，以書名動京朝，玩其遺跡，筆意與鄭文公碑相近，未知於今之講求北碑者何如？余輾轉兵間，軍書旁午，吟詠鮮暇，偶於牽馬間爲之，言志而已。尚何宗派之敢言，因論先生之詩并及其書，率抒胸臆以貽劉君，且以質世之宗法西江者。

會澤唐繼堯敬識

《馬悔齋先生遺集》序言二

滇省人才之盛極於晚明清初，如楊文襄、王端簡之經濟，趙玉峯昆仲之政事，李瀛仙之忠耿，楊永斌之廉潔，皆其犖犖最著者。而元江馬宣臣先生以詞臣敭歷中外，所至有聲。百年之後，僅以工書聞清史館。徵採所及，亦僅以先生入於藝術類。先生之才高學博，毋亦爲書名所掩耶！抑所居僻遠，搜採未周，致先生之文章政績湮没不傳於世也。邵陽劉君粹叔于民國七年代行縣事，訪求先生遺詩文，得若干篇，將以刊行，以稿見眎。夫表彰先哲，激揚後進，固有司職分所當爲。然當此盜肆民貧，百務叢脞之秋，他吏所兼顧弗遑者，劉君獨能以治理之餘力，爲兹彰美傳盛之舉，有非俗吏所可企及者矣。雖然，文章者，政治之緒餘。先生畢生事業，不僅在於區區文字間，而史乘疏略幾並此文章緒餘，亦莫可攷見。幸是編所存，猶得藉以窺先生學識之一斑。劉君之功，誠不可没哉。余既以稿付輯刊雲南叢書處，抄存一通，以備選入，並爲書數言以歸之。

時民國七年十一月，姚安由雲龍序於雲南省長公署

《馬悔齋先生遺集》序言三

元江馬悔齋先生以書法名於滇，自縉紳先生以至鄉曲野老，慮無不知重之。苟得其斷絹殘箋，千金弗啻也。顧先生以前清名翰林，入參秘閣，出掌文衡，翱翔於珥筆侍從間者有年，意其文章著述必更有可觀者，乃僅以書噪於時。昔李次青謂劉海峯詩格高雅，惜爲文名所掩，不稱於世，先生著述毋亦爲書名所掩耶？邵陽劉君粹叔，好古士也。歲戊午代權元江縣事，重先生書，因并求先生遺稿，得詩數十首於吴君香亭家。更窮搜之，得文數篇，并獲關於先生事實之記述若干篇，西爪東鱗，僅具一斑，而粹叔顧珍之若吉光片羽，不忍再令散失，輯成帙寄余乞爲序。余讀其詩與文，皆不規規於一家之作，而縝密清麗，自寫性靈，猶想見當日臺閣雍容之遺風焉。因竊幸其遇之，猶愈於海峯也，顧乃含貞隱粹，經二百餘年而始傳。經二百餘年，設非得好古如劉君者仍淹鬱而不傳，則信乎古今奇秘之不易發，而盛名之不易兼擅也。胡稚威先生謂天下惟文物可不死，雖有瑰意琦行，離文物則必死。若先生者既不死於書矣，茲復留是編愈益可以不死矣。

石屏丁兆冠序於普洱道公署，時民國七年十二月

《馬悔齋先生遺集》序言四

世有傳人，然後有傳文，然後有傳詩。未有其人不足傳，而其詩若文能傳者也。夫所謂傳人者，非必其在高位也。即幼而劬學，能尚其志；壯行所學，能達其道；老而歸隱，其節操行誼足以見重當時，使百世下莫不景仰者；斯其一吟一詠，皆可傳示後學而不朽。悔齋馬先生者，滇中宿儒也。余至滇時即聞其以善書稱，然未見其詩與文也。戊午冬杪，奉調來元，劉粹叔大令以編輯先生遺集見示。余拜而讀之，詞意芊綿，氣味温厚，雖寥寥篇章，猶想見當日之清風亮節焉。余固於先生之詩若文而信其人之可傳，更於先生之可傳，而益信其詩若文之必傳無疑也。抑余更有感焉，元地僻處南荒，風氣閉塞，而先生能於二百年前翹然超出於窮髮文身之國，使後之守土者於觀風問俗時覽其文如見其人，且可曉然於斯地文化之由起，以求其所以作育人士者焉；元之人士，其能振纓希古，追蹤前哲，發揚而光大之乎，則於粹叔大令表彰之功庶不負也。余願與元人士共勉之。

己未春二月，南浦黄元直序於元江縣署

《馬悔齋先生遺集》序言五

余以癸丑自桂來滇，與譚君復生同寓湘館。復生一日出示悔齋先生墨蹟一幀，且爲述滇中四傑之目。余忻賞之而未知先生之爲元江人也。今年來元，元之士夫輒爲與稱道之不置，又各出所藏墨妙以相歎異。既而披閱元江舊志，稱先生著有《悔齋詩集》，心竊喜之。而詢之邑人，久已燬於兵燹。惟吴君香亭藏有殘本耳。亟索觀之，紙墨漫漶，有詩數十首爲先生手録，與志載數詩無一同者，則皆官京朝時作也。載玫省府志及滇中紀載各書，其他終不一獲。余不禁戚然有風流歇絶之懼焉。夫滇處山國之脊，舟車不通，風氣晚開，而其扶輿磅礴清淑之氣，蔚爲人文蔚然特起於其間者，代有其人。特爲之後者類以祖彌手澤珍爲家傳，匿之不肯示人，遂使先哲鴻文幽而不光於世。故人物如南園，其遺詩經數十年得師荔扉大令而始行；風騷如月槎，其詩集經二百餘年，得袁樹五太史而始著；他如盛長通之《賦心》；孫御史之《破碗集》，隨物澌滅而不傳者，又不知凡幾？不可慨呼！余嘗驅車過先生故宅，垒壁毁頽，鞠爲焦土，訪其墓無蘚碑斷碣之存，其子孫又零丁不振，至不知爲幾世雲礽。嗟乎！先生之歿不過二百年耳，世業衰微乃至斯極。而其風流遺韻，足令萬里羈客憑弔留連，感慨不忍去者，夫非以文字著述之尚有存焉者乎？而此箋箋殘墨，弗爲刊行，再歷年歲，不將與《賦心》《破碗》諸作同盡於蠻花犵草之鄉耶？用是採輯補綴，釐爲四卷，約略撰著之歲月而排次之，並取他之篇章與先生行誼有關者坿諸集末，吉光片羽固不足以盡先生，而世之欲知先生者，於此亦可以得其梗概矣。

戊午冬仲，劉達武序於元江縣署

《馬悔齋先生遺集》序言六

元江馬宣臣先生汝爲悔齋遺集，寶慶劉達武知元江縣時所輯，已刊行，兹略爲删補，收入叢書。清初元江改流設治，其補學官弟子自先生考駙始，科第自先生昆季始。先生少受知謝存峨、吴克菴學使。通籍後授檢討，充史館纂修典楚試，左遷大理寺寺副，出知貴州銅仁府，皆有聲績。解組歸終於里第。生平與昆明王思訓、石屏陳沆交善。學問博雅而尤以工書名，與虞山、趙鼎望、趙玉峰稱四傑。所著詩文散佚，袁蘇亭輯滇詩略，僅得古近體四首，余搜得詩三首、文一首，今亟補入焉。先生之裔式微，達武爲搜刊遺著，修墓立石，亦近日有司之不俗者所爲。集後雜識，可資考證，仍附録之。劍川父老相傳云，先生先世曾居劍川，城東北有其先墓，其祖駟輿，明季歲貢生，載名劍川志中，不知何年轉徙臨安、元江，莫能詳也。

癸亥夏日，趙藩撰

馬悔齋先生傳畧

先生諱汝爲，字宣丞，悔齋其號也。見先生詩稿印章。其先世陝西鳳翔人，明洪武中，其始祖諱正輔，從西平侯沐英定雲南，以軍功世襲臨安千户。數傳至如麟，避普明聲之亂，遷於元江，遂爲元江人。再傳有諱騈者，即先生父也。初元江承明季凋蔽，地僻而俗陋，士大夫家鮮藏書，學無師承，騈則讀書學古，自奮首補博士弟子員。以上見文秀馬君墓誌銘。子三，長汝翼，次即先生，次汝明。騈嚴教諸子，課以經史古文。患郡無良師，俾越三百里從建水名宿段爾際遊，更遣先生取友四方。與昆明王思訓、石屏陳沆交最善，同受知於甬東謝存嵗、濟南吴克菴兩學使，有國士之目。先生以清康熙壬午舉於鄉，癸未成進士，選庶吉士，官檢討，歷充三朝國史、方輿、路程三館纂修。以上見文秀君墓表及先生所書文昌祠額之銜。學行爲上所知，館閣一時推重。見文秀墓誌銘。乙酉兄汝翼、弟汝明同榜鄉薦，己丑御試滿漢書，先生俱拔第一。辛卯典湖廣鄉試，號得人，以外簾缺額十名，降補國子博士。見文秀墓表。甲午遷大理寺右寺副，持平有聲。見文秀墓誌銘。尋奉父諱北歸。見文秀君墓表。服闋起用，補貴州銅仁府知府，治聲甚著。見元江州志文學傳略。解組歸，以桑梓風教爲拳拳。見元江府學記。卜築叢桂山莊以終老焉。見先生詩稿。先生才高學博，見文學傳。善詩文，見滇系省元録。書法右軍，與虞虞山參議、趙鼎望庶常、趙玉峯少宰稱滇中四傑，見滇系雜載。今人得其遺墨競寶之。著有《悔齋詩集》，見文學傳。咸豐中併藏書燬於兵。聞之彭小坡君。子四：仕珩、『仕』遺詩作『士』。仕璜、仕璔均府廩生，仕琰附生。見馬氏譜系。

按，先生行誼滇紀載中表見絶少，茲謹以聞見所及，摘集爲傳，以存先生之厓略焉耳。

達武謹識

詩遺

庚午九日同王疇五登圓通山

按，疇五，名思訓，號永齋，昆明人，與先生交善，著有《滇乘》二十五卷，後官侍讀。圓通山，在昆明縣治。以下詩七十九首從先生遺稿輯入，此詩原在《春郊》之後，今以題首庚午考之，當是先生少時作，特移之簡首。

挈榼高登月石臺，黄花繞徑傲霜開。烟寒萬樹秋將老，雲滿千峯雨欲來。漠漠遠村餘戰壘，蕭蕭紅葉蔽莓苔。升沉本是尋常事，莫爲登臨客思哀。

秋日感懷

葛衣初换早涼中，天際冥冥起北鴻。萬里鄉關愁夜雨，千家砧杵動秋風。江頭漫許題橋客，塞上應憐失馬翁。黄葉滿庭人寂寞，閒行咄咄自書空。

九日登報國寺閣歸飲錢亮采齋中

按，亮采，名熙貞，號飛濤，武定人，官兵部郎中。

訪罷優曇興轉奢，重陽不信在天涯。摩挲書卷花應笑，愛惜秋光酒再賒。涉世自憐同待兔，乘時常怪類添蛇。高齋刻燭真佳會，莫向西風感鬢華。

九日

何處重登戲馬臺，小亭香泛共徘徊。鴉翻古樹斜陽淡，雲滿秋山暮雨來。壯志蹉跎髭盡白，鄉思迢遞雁初回。同人遮莫成疎放，今日黄花着意開。

送友人還里

聯轡京華騁壯遊，天涯知己解離憂。一樽濁酒黔山雪，千里孤帆楚澤舟。玉署蹔非裁勅手，青門漫學種瓜侯。秋風客路垂楊裏，握手春明淚欲流。

送王孝子還江右

王氏有叔侄，逐利走蠻荒。窮山遇寇盜，金盡身亦亡。遺書抵故里，舉家涕霑裳。孝子與悌弟，尋親來異鄉。蠻烟瘴雨中，涉險更被創。求之不可得，九死志不忘。精誠感神明，鬼火見山岡。刺血漬遺骸，深入異尋常。三屍返故土，道路亦感傷。作歌送二子，彝紀有輝光。

夏日述懷

夏日微風暑氣涼，手抛書卷臥繩床。閒庭緑樹聞幽鳥，隔院疎花送暗香。行路久□□□□，□□，□□□忘鬢欲霜。

按，先生遺稿字多剥蝕，今以□識，之後仿此。著書真覺愧三長。原注：時充三朝國史纂修。爐煙茗椀多

冷官未敢羨膏腴，數載京華此故吾。竹馬繞庭憐稚子，錦囊得句付奚奴。簞瓢我自躭顔樂，水旱人應繪鄭圖。原注：時江浙諸省水旱。陶柳一編時在手，肯教閒裡歲華徂。

欲把孔顔樂處尋，睡餘午枕足微吟。薰風小院幽禽集，夜雨堂階碧蘚侵。逐隊自慚臣職忝，冠軍終感主恩深。文章恨乏三千首，未敢他年負此心。

驚看時序去如流，按，遺稿作今句易作『家園一别幾經秋』，今因『秋』字重押，擬仍原句。□□□□□不留。夏日天炎長似歲，蕭齋雨後氣如秋。甑塵屢乞顔公米，金盡還輸季子裘。猶喜故人時過我，枯棋相對解離憂。

秋懷

壯年遊歷志偏奢，節候驚心兩鬢華。小圃花開愁聽雨，江城人遠苦思家。雲飛天外鳴歸燕，柳映河橋噪晚鴉。最喜焕峯秋色好，高軒把酒玩明霞。按，焕峯在建水縣，原名判山。秋霽連朝興頗奢，園林猶未落繁華。幽軒紅樹留詞客，野徑青簾見酒家。居塞我曾悲失馬，索書人反愛塗鴉。原注：余不工書而索字者甚衆。多情更有青山在，倦鳥歸飛帶晚霞。

贈黄魯若兄弟

廿載相逢憶舊遊，欣依叔度異常儔。詩當險韻吟偏穩，篆倣秦碑筆更遒。三徑黄花堪對酒，千山紅樹待深秋。□□□□□難遣，却爲雙丁幾日留。

贈趙禮齋

十載論心在帝京，歸來真見故人情。酒樽暫挽朱顏駐，時序頻催白髮生。繞砌桂蘭香馥郁，盈軒圖史鬬峥嶸。義山有句堪持贈，雛鳳清於老鳳聲。

和侯于東《新搆書屋》韻

按，于東，建水人。

築室城隅東復東，幽懷獨許故人同。花栽小圃參差放，路繞河橋曲折通。綵服承歡春酒緑，牙籤課讀夜燈紅。方塘柳蔭清如許，幾度高齋醉碧筒。

送李婁山同年歸省

校書幾醉鳳池頭，忽聽驪歌淚欲流。歸里漫裁平子賦，登山誰共李膺舟。客衣有線思慈母，人爵無心羨列侯。我亦白雲勞悵望，對君簪組愧淹留。

和南漢雯《寄懷》韻

按，漢雯，名天章，昆明人，官湖廣提督，志稱有祭征虜之風。

將軍承詔自南來，徼外争誇濟世才。波静瀾滄鯨迹遠，日臨金馬瘴烟開。庾樓月滿憑高嘯，鈐閣詩成著意裁。每向佳篇親叔度，深冬踏雪待尋梅。

送侯于東歸里

憶昔廿年前，同戰文墨塲。聲稱伯仲間，羡君勢更張。挾策赴皇州，仕路各翱翔。我讀中秘書，君任楚蘄黄。相思不相見，時時歎參商。卯秋膺帝命，校士在湖湘。相遇黄鵠磯，各驚鬢髮蒼。燕臺重握手，晨夕樂未央。君任漸亨嘉，我反見摧傷。春明送歸旌，慇勤進酒漿。君歸勤定省，我亦念高堂。畇町古名郡，昔爲吾祖鄉。少小此從師，切磋多俊良。翹足瞻雲樹，友生極不忘。秋風憶鱸膾，逝將理歸裝。焕山瀘水間，與君共徜徉。

移居

一枝何事慕高軒，地遠廛闤絶市喧。十載服官羈北地，幾番卜宅近南村。探囊種竹筠初緑，築砌栽花葉漸繁。一作『俸錢買竹筍初緑，石砌栽花葉正繁』。瀹茗焚香消永日，清幽直似在家園。

剥喙無人晝掩扉，一編時下董生幃。貪眠任笑邊韶懶，索米誰憐曼倩饑。榻近綺窓忘夏暑，客來緑酒典春衣。一官久費天家禄，祇合空山飽蕨薇。

寄懷武昌令曾葵初

眴町吾滇號鄒魯，人才淵藪文章府。曾氏金昆更軼羣，兩到雙丁未足數。我昔此地拜明師，感君意氣結□□。□子之秋同文戰，賞音先識絶妙詞。一作『賤子先推絶妙詞』。辰春挾策來帝里，文成頓貴洛陽紙。一作『看花走馬踏燕市』。重爲桑梓闢天荒，一作『重爲鄉邦肇甲科』。南宫奏捷自君始。原注：臨郡在前朝甲科指不勝屈，後絶響者六十年，國朝成進士自葵初始，今復稱盛。墨綬初膺到武昌，一作『花封初試臨武昌』。坡公勝跡繼仙郎。招客開樽宴樊口，憫時憂旱禱虱塘。兩邑借寇聲不朽，原注：葵初攝篆江夏，兩邑士民争相□留。祈公遺愛真堪偶。匪直摘發頌神君，更喜解推稱衆母。楚水燕山隔萬重，訪戴無由泛小舠。一作『剡溪無路訪戴顒』。王喬計日飛雙舄，握手同聽上苑鐘。

送同年王辰幟之任貴溪

宴赴曲江憶十年，醉翁門下羡君賢。書成中説師汾水，畫有新詩繼輞川。春暖河陽花勝錦，霜寒野店酒如泉。時清獻納資才俊，執手終朝魏闕前。

送鄭公澤之任靖江

使君高雅擅文辭，省試當年冠一時。亭草法言人問字，家傳經學婢知詩。公餘把酒聽鶯語，訟息調琴任鶴窺。莫道薊門烟樹遠，吟成紅豆寄相思。一作『薊北江南千里隔，好將紅豆寄相思』。

别某公

人師一代重成均，三載追隨步後塵。校士羣空□□□，□經人擁座如春。喜無清獻臨周子，深感坡仙遇□□。□□黄扉資啟沃，提攜幸記薜蘿身。

偶感

彭澤年來晤昨非，初心不是慕輕肥。書因性懶塵常積，門爲官閒客到稀。空似野葵傾白日，難將寸草報春暉。家山剩有閒生計，擬向秋江坐釣磯。

月射氷池

寒夜碧空淨，天清見月多。方塘凝素影，皓魄注銀河。霜重光逾白，風生水不波。徘徊曲沼上，疑向鏡中過。

寄陳存庵

按，存庵，名沅，石屏人，工詩文，官知府，與先生交最善。

海内情親獨見君，天涯十載悵離羣。高齋對局聞雞唱，匡坐談詩到夜分。吴子未由楊杜牧，馮公深愧失劉蕡。誰爲狗監憐才士，憶爾情懷似酒醺。

薊北春寒雁影遲，忽傳魚素慰懷思。師門廿載稱同調，帝里頻年感數奇。返日無戈年易去，懷人有夢路偏歧。一作『遠家有夢路偏歧』。龍湖按，即石屏之異龍湖。八月秋光好，小艇同君展釣絲。

大兒士珩歸里作此送之

聖代重武臣，萬里固邦基。所以節鉞榮，往往屬健兒。感此欲投筆，徙業赴良時。自顧慚羸弱，挽弓力不支。爾質亦柔脆，戎行一作『行陣』。非所宜。不如守舊業，留意書與詩。勿云不適用，乃是祖父遺。結習本難忘，一作『亦非工文字』。求道必由斯。歸遇諸兄弟，以此相箴規。自古不學人，走肉與行屍。我有雙老親，定省缺其儀。代我勤問視，反哺答恩私。一作『代我勤視膳，用以答恩私』。北郭有良田，一作『負郭有良田』。荒廢久不治。督僕勤力作，耕耨須及時。霜稻甫登場，輸將莫少虧。萬里返家園，去去從此辭。深冬苦嚴寒，風霜善自持。末四句亦作『匪直免追呼，報國亦在茲。早夜慎風霜，送爾涕泪滋』。

無題

傅粉何郎賦命艱，南康多忌苦防閑。關山雖有鱗鴻信，衾枕猶存淚血斑。龍鬬延津雙劍會，月明合浦夜珠還。琵琶細訴離情苦，執手燈前轉汗顏。

壽□□□人

原注：集馬戴、高適、李乂、魏知古、周□、常非月、黃滔、許棠句。

錦堂榮壽母，誰嗣郝鍾前。嬪則留中饋，坤維著後天。岡陵猶擬似，松柏象貞堅。玉笋亭亭出，還賡樂隻篇。

□節婦□□□

汨羅江冷赭山秋，高行清芬姓氏留。存節百年真不忝，立孤兩世更無儔。絲綸鄭重來楓陛，風雅流傳汎柏舟。大義炳然雙闕表，欲將斑管寫烏頭。

梅

翠巘寒威□□莊，□□時節□□陽。晴光乍啟回幽谷，緑萼將舒映野塘。最愛疎枝留素月，轉憐清影照新霜。空山頓覺三春近，子半天心日已長。

春郊

陽春景物晝争妍，况是青郊雨後天。麥浪參差翻綺陌，柳絲揺拽帶新烟。鳥鳴高岸聲猶濕，花放山亭色倍鮮。十里平原舒望眼，早春知已兆豐年。

□□□□大令

美人爲政本翩翩，琴鶴相攜憶昔年。聽事閒禽依座下，排衙小吏在花前。文章才子元常侍，位業仙官葛稚川。他日計偕書上考，遲君同上五雲邊。

綬綰青絲六尺裁，潘花十里舊時栽。自從一鶴偕琴去，會見雙鳧挾舄來。襦袴已傳慈父頌，廟堂應待濟川才。懸知聖主求賢急，易水重臨郭隗臺。

漫對青山説官卑，董宣名蹟九重知。椹生新鄭皆堪食，花發河陽盡入詩。政事勤民惟善俗，文章報國在匡時。柏臺薇省多賢路，指日□痕借一枝。

燕秦相隔萬重雲，塞雁啣書寄令君。此日定知籌乍展，當時猶悵手初分。故人懸憶天邊遠，新政從看日下聞。應有紫泥徵入見，芙蓉闕畔挹清芬。

風吹麥隴雉聲和，善政無爲樂事多。寧便此鄉堪秫米，欲回新世入絃歌。清時久已知仙令，薄宦猶能重甲科。他日璽□徵上吏，會看入殿有金珂。

鳴琴百里楚王城，坐對冰壺詩思清。霞映晴川添霽色，風過漢水雜濤聲。玉麟賜出恩原重，仙鳧飛來政已成。堪羨河陽花正暖，訟庭吏散聽啼鶯。

贈劉叔度大令

江闊澄如練，惟君共此心。春城花繞屋，秋檻月窺琴。最報三年政，文成十賚吟。四郊郇雨滿，政澤入人深。

山城如斗大，賢令奏薰風。聽訟清暉裏，行春緑野中。小民知孔奮，天子識牟融。會有啣書鳳，翩翩下碧空。

壽□□□太夫人

□□□□邁等夷，幽閒今羨女中師。銘椒辭句輝彤管，畫荻辛勤肅壼儀。玉樹高文一作『文同』。燕許重，金萱懿範一作『名並』。郝鍾垂。門牆幾載親提命，願進千齡酒一巵。

又

□□芳儀閨閣存，相夫早歲侍金門。脱簪黽勉成先志，畫荻□□啟後昆。桃李香滋南詔雨，芝蘭露挹北堂恩。西王此日來青鳥，遥酌天漿獻壽尊。

贈劉桐□□□

三楚雄難服，經綸待偉人。軍聲嚴細柳，惠澤蕩陽春。花滿晴川樹，風清漢水濱。欣依黄叔度，更喜締交新。

代人寄房師

文章一代美人師，化洽雷封麥雨歧。湘水琴清傳舊譜，春城花滿賦新詩。焦桐謬荷中郎賞，駑質還邀伯樂知。臺省即今資獻納，芙蓉闕下待追隨。

壽李□□□□

星躔奎壁泛清光，□勝仇池樂未央。被擁青縑留粉署，車鳴錦雉迓仙郎。傳經堦下魚龍奮，却老壺中日月長。松柏岡陵歌介祉，高燒銀燭照華觴。

又

家在彭鏗石室邊，耆英盛事一鄉傳。甕頭浮蟻推千日，杖頂安鳩又十年。烟雨春濃栽柳徑，雲霞秋熟種芝田。少微南望明如月，我識高人是散仙。

寄遠

紫雲一作『謫仙』。家住漢江干，路人仙源一作『天台』。值歲闌。人擬河橋金作屋，香分韓椽氣如蘭。千觴濁酒爐煙細，一曲清歌蠟炬殘。別後休文頻有夢，迷樓猶戀一作『重樓猶識』。錦衾寒。

次若璞夫子《清浪灘謁伏波將軍廟》原韻

壺頭峯下雨紛紛，鴟嘯猿啼不可聞。十里怒濤翻巨石，一作『亂石』。半山碧樹鎖黃雲。呼羣野鳥煙中没，合耦農人嶺畔耘。估客帆檣頻上下，刑牲爭賽漢將軍。

答陳存庵寄書

大雅文章續正聲，幾番蘂榜歎遺名。夜聽杜牧阿房賦，轉笑司衡一作『文衡』。愧老兵。

冬日

栗烈寒風晝欲昏，海隅忽喜見朝暾。層冰□□□□澗，積雪消來映遠邨。影射曉牕瞻日近，光浮大野樂春温。揮戈直擬回羲馭，鎮日茅簷好負暄。

黄平州旅舍和壁間韻

十載京華晤昨非，子臣心事兩相違。烟寒萬樹禽聲寂，雪滿千山日影微。短鬢欲星惟愛日，壯懷消盡久忘機。山重水複多歧路，客枕還鄉夢亦稀。

送張志尹督學江左

江左掄才厘聖明，羣僚慎重簡先生。千秋銀管留鸞掖，一片冰壺出鳳城。紗帽久知官況冷，葉舟終訝客囊輕。祇看雪裡新持節，到處梅花驛路清。

重九前二日宿揚武壩

按，揚武壩在新平縣東南與元江接壤地。

澧社江按，元江源出雲南縣西梁王山，上游爲白岩江，至元江縣境爲澧社江，今城東有澧社渡，東南流至河口，南入安南境爲富良江，又名東京河。城暑未收，今宵始覺是深秋。欹斜草舍懸賓榻，嗚咽笳聲起戍樓。犬吠總驚人夜至，蛩吟早識火西流。明朝莫漫催征騎，欲坐霜林半日留。

出門百里即天涯，節近重陽轉憶家。野店留賓浮緑蟻，小龕供佛插黄花。城頭月落雞初唱，橐底糧空鼠驚譁。客路秋光堪入畫，青山緑樹亂雲遮。

贈進耳山語蓮上人

按，進耳山在昆明縣四十里。

住錫空山五十年，中更興廢總悠然。閉關白首涼秋夜，有客同參柏子禪。原注：戴叔倫句。爲訪優曇度翠微，小橋流水護山扉。霜林預訂他年約，煮石松陰待我歸。

和吴果亭副總戎《九日瀝青寺雅集》韻

按，瀝青寺即今縣東五里之玉臺寺，果亭名開圻，時官元江副將。

尋秋入野寺，一作『古寺』。曠望碧天空。庭樹干霄竹，江流貫日虹。探幽歷洞壑，度曲響絲桐。習静依蓮社，悠然憶遠公。

九日逢佳節，高臺四望空。林深藏白鹿，景霽跨青虹。徑繞千重菊，庭栽百尺松。登臨饒逸性，裘帶羨羊公。

和吴果亭副總戎《瀝青寺登高》韻

聯巒郊坰作勝遊，碧空無際思悠悠。倦飛野鳥依天没，一作『倦飛野鳥投林宿』。東下長江抱郡流。林麓蕭森涼雨歇，村原歷落晚烟稠。炎方最愛西風爽，更值黄花滿院秋。

爲愛名山載酒遊，重陽佳節晚悠悠。清江一作『晴江』。水色緑於染，玉嶺嵐光翠欲流。風動疎林晴靄散，煙横古洞暮雲稠。蘇門此日舒長嘯，散作江城一段秋。

壽黄繼安先生

楷模一郡一作『楷模當代』。士争趨，早向清溪作釣徒。白傅香山傳九老，王家玉樹羡三珠。花開籬畔梅爲婦，果熟山中一作『洲邊』。橘是奴。納履久思親几杖，稱觴遥進九如圖。

寄友

兄弟天涯薄宦同，相期車笠廿年中。氷條孤冷留燕北，雲樹蒼茫憶浙東。千里有時鴻羽健，一船何日酒鱗紅。尋君夢裡一作『入夢』。忘歧路，沈約懷人恨未工。

錦雉翩翩去路遲，當年分袂足相思。花時苦我無三益，月夜多君有四知。入世早能心似鐵，鍾情惟恐鬢如絲。薊門烟樹青淇水，兩處頻來幼婦辭。

壽金鐵山方伯

聖主寧邊簡重臣，搴帷一作『名藩』。中外一作『南天萬里』。仰經綸。旬宣惠澤三吴舊，屏翰勳名六詔新。酒泛華山千畝月，花開畫閣一簾春。百城民物歸陶鑄，盡賦岡陵頌大椿。

中朝勳舊數金張，畫戟朱輪一作『烟籠』。列幾行。翊戴元功垂竹策，承宣丕績重巖廊。一作『巖常』。高軒日運陶公甓，清夜時焚趙忭香。自幸腐儒邀盼睞，每從東壁借餘光。

贈楊仁齋廣文

按，仁齋，名薰，時官元江教授。

廿載燕雲悵別離，重來握手話心期。連床野店松濤細，剪燭幽窗夜雨遲。且喜鄉邦傳正學，更欣兒姪遇人師。莫嫌坐榻青氈冷，獨草玄經足自怡。

養拙四首

集杜。按，遺稿題作『集杜』，今取詩首二字爲題，而注『集杜』字於下。

養拙蓬爲户，歸來始自憐。素琴將暇日，佳句染華牋。竹送清溪月，城凝碧樹烟。幽棲身懶動，送老白雲邊。

春來常早起，排悶強裁詩。戀闕丹心破，歸山獨鳥遲。美花多映竹，小水細通池。此意陶潛解，幽偏得自怡。

閉户人高臥，江邨八九家。天風隨斷柳，秋竹隱疎花。回首追談笑，吟詩解歎嗟。甘從千日醉，自覺酒須賒。

茆屋還堪賦，情忘發興奇。岸風翻夕浪，草色向平池。雨急青楓暮，沙暄月色遲。本無軒冕意，少有外人知。

壽張天球先生

桂冠早歲獨歸農，不羨勳名勒鼎鐘。剥極一陽存碩果，寒深千尺見高松。鄴侯插架書偏富，陶令栽花興倍濃。秀嶺雙湖多勝概，登臨時倚一枝筇。

壽林青選總戎

按，青選，名國賢，時官元江副將。

滇雲鎖鑰依巖疆，上將臨戎節鉞光。裘帶風流存□水，縱擒威望靖南鄉。賞音雅調花前奏，宴客清樽竹裡香。更羨荀龍多繞膝，八千椿樹應蒙莊。

步吴果亭副總戎《關嶺》韻

黄雲細細鎖林端，石蹬羊腸路幾盤。境勝不嫌樓閣小，樹深誰覺地天寬。征蠻事遠留遺廟，曬甲峯高是壯觀。原注：廟前山最高，俗傳爲忠順王曬甲處。弔古佳篇傳太史，原注：升庵先生有《關嶺》詩。幾回吟詠和偏難。

壽金克亭觀察

高秋八月喜申生，許史簪纓舊有聲。虞帝士師能執法，漢朝廷尉更持平。心清煮茗調琴曲，一作『琴鶴』。興熾開樽鬬酒兵。勝日好隨王子晉，緱山月夜一吹笙。

昔年館閣挹清芬，秉憲天南譽早聞。常喜解推稱衆母，不矜摘發號神君。高齋月朗冰壺映，老樹香生桂子薰。自是鄴侯仙骨異，煙霄一鶴獨超羣。一作『矯然獨鶴出雞群』。

□楊□□□□

燕山名士獨鍾奇，藝苑爭□絶妙辭。贊政黄堂稱衆母，談經絳帳羨人師。春風厚澤流千里，秋月清操凜四知。聖代即今資獻納，待君草詔白雲司。

□□□□方伯

聖澤寧人徧九垓，巖疆端賴濟時才。一作『禹拜皋颺慕喜哉，經綸早試不凡才』。旬宣績著綏南服，鎖鑰勳高列上臺。月映玉壺氷正滿，日臨仙掌露新開。清時應借和羹手，競進長生酒一杯。一作『直待金張世冑來』。

題《儂人圖》

按，以下五首遺稿未載，今從舊州志輯入。

有宋皇祐疎邊防，智高狂逞勢鴟張。廟堂猶幸能任將，師中長子狄武襄。武襄破賊賊佯死，掃穴焚巢奔大理。餘孽獸散滿滇中，滇有儂人自此始。儂人天性鴟鴞同，睚眦小忿輒相攻。歷宋元明數百載，迄今漸自染華風。男女風俗那可道，婚合惟憑歌唱好。兩相議婚只論財，貧家聘金償至老。時驅吳牛渡河滣，耕耘不復憚艱辛。炊黍蒸豚饁南畝，鑾婦空山長負薪。兩岸褰裳半涉水，競逐錐刀入市城。扶老携幼滿途中，趂墟歸來每自喜。或籠鵝鴨赴長衢，或擔瓜果易有無。頒白之叟猶負戴，博得贏餘付征輸。吁嗟儂人能自淑，昔日剽悍今醇樸。但苦長官急催科，吾願仁人善撫育。

移居叢桂山莊

按，山莊廢址在縣東北四十里之金鰲山麓，志稱山石盤曲，狀如伏鰲，中有石洞，爲月光道人修煉處。

我昔居城市，今移居山巔。匪獨畏炎蒸，欲謝塵俗牽。結屋僅如斗，築墻甫及肩。居處雖云陋，吾意實悠然。何以供饘粥，督僕耕山田。山田僅數畝，復與菜畦連。花木皆手植，生意滿牕前。有暇課兒姪，時復親簡編。避暑榕陰密，娱目山色妍。夕陽欲西沉，景物倍澄鮮。扶笻數歸鳥，倚樹聽鳴蟬。峯巒雲靆靉，晝夜水潺湲。閉門絶人事，日出猶高眠。此中差可樂，勿向外人傳。

辛丑初秋過觀丞弟山莊

按，觀丞爲先生同胞弟，名汝明，康熙乙酉與兄汝翼同榜鄉薦。

潛身端合在山家，曲徑幽村静不譁。適意閒栽陶令菊，謀生學種邵平瓜。野塘水静堪垂釣，小院香清好試茶。我亦金鼇新築室，待君秋晚對明霞。

謁蘭隱君祠

按，隱君名茂，字廷秀，號止菴，嵩明人，著述甚富，祠在嵩明縣北之楊林驛。

訪古來謁蘭公祠，菜花滿地草離離。人往風微三百載，循墻細讀漁邨碑。原注：李漁邨先生有《蘭隱君祠堂記》。先生高卧鹿山裏，明月清溪釣烟水。梅妻鶴子想遺風，彷彿孤山林處士。當年王驥征麓川，虚懷問計草廬前。船從山過麓川破，勝算遠奠西南邊。荒祠無人薦蘋藻，古墓寒烟滿秋草。原注：墓去祠堂半里許。枕邊無夢到公侯，我愛先生詩句好。

祝皋衷太守調任吾元之官有日矣，畇町士民感德者阻塞公門，攀留甚切，固知德澤在人，而人心之愛戴不約而同如此也。余目擊其事，感而賦詩

按，舊州志此首載先生詩後而逸其名，今以祝公官元時期及序語詩格考之，當是先生作，録此待考。皋衷，名宏。

家聲兩世著循良，卓魯芳名足雁行。雅操氷壺同皎潔，湛思瀘水共汪洋。碑存撫字千年石，人愛巡行幾樹棠。截鐙留鞭今再見，賢聲自應重嚴廊。

祝翰卿同年雙壽

木公金母並千年，白髮青瞳地有仙。陛下琳瑯成國器，花間杖履映華筵。鹿車共挽人争羨，鴻案相莊古所傳。佇看鯉庭膺寵眷，龍章輝耀錦堂前。

按，以下二十四首州志遺稿均逸，得之採訪者。

新興道中

按，新興縣，今改玉溪。

春來十日雨傾盆，曉起人家尚掩門。客路身遊圖畫裏，杏花春水緑楊村。

秋夜

黃葉蕭蕭獨掩關，屏風小幅畫江山。酒醒夢入湖雲去，不管秋聲在樹間。

鐵爐關

按，關在昆陽州南三十里，與新興州交界地，州今改縣。

兩州疆界一關分，險似鐵爐自昔聞。石上按，楊君鈔本誤作『上下』。清流諸澗水，嶺頭白湧萬峯雲。幾家茅店通行旅，半畝畝，鈔本誤作『畔』。間園種此君。自笑年來勞跋涉，何時江上伴鷗羣。

澧江浮橋

莫訝晴波阻，浮橋兩岸通。山形成水道，物力補天工。髣髴銀河渡，猜擬寶筏同。澧江留勝事，利涉古人風。

江城平屋

一郡皆平屋，南家接北家。人惟馨以德，室不貴營華。直上樓頭坦，同憐月色賒。管絃音並響，調擬落梅花。

玉臺積翠

名山真弗遠，咫尺見巖阿。翠繞泉三曲，臺藏樹一窠。根雲清欲滴，傍石緑尤佗。羽士今安在，甘霖誌不磨。

華嚴寺

爲愛禪棲勝，尋僧不憚遥。心清明佛旨，地遠隔塵囂。細草侵花徑，高槐蔭石橋。流連不覺晚，歸路雨瀟瀟。

海門橋道中

按，橋在江川縣。

星橋湖水闊，遥撼幾家村。曲徑緣山麓，長橋度海門。風腥人曬網，潮落花留痕。策馬垂楊下，逢帘問酒樽。

何石民招飲西園

按，石民，名其偉，號我堂，其俠之弟，官浙江遂昌知縣，著有《我堂詩古文集》。

久愛西園勝，今朝始一過。憑欄城郭小，放眼湖山多。細雨千畦潤，春風滿院和。庭花開爛漫，對酒一高歌。

春日懷張月槎、何石民

按，月槎名漢，號蟄存，石屏人，官山東道御史，著有《留硯堂詩文集》。

兩君同硯席，分韻賦新詩。入饌湖魚美，留賓鹽豉宜。思鄉腸欲斷，感事鬢成絲。何時重携手，西園共酒巵。

三板橋早發

萬里遊京國，征人恨寂寥。山高行已倦，金盡路仍遥。夜雪堆茆屋，炊烟壓板橋。天空頻貰酒，頓覺客添燒。

贈劉時齋

與君同硯席，歷久尚如新。節行貧逾勵，交情老更親。謀生鋤藥圃，對酒坐花茵。聚散真難定，相過莫厭頻。

偶感

百折歸來鎩羽翰，老來獨自帶儒酸。小窓晴暖留冬雨，短榻凄涼怯夜寒。自喜深山無險徑，誰知宦海起狂瀾。浮生夢幻同蕉鹿，好向清江把釣竿。

過劉時齋

草堂相對北山開，□□□人破緑苔。縷縷□烟□枝去，蕭蕭寒雨逼窓來。池荷香細侵衣袂，堤柳陰濃覆緑苔。離别經年重聚首，縱談心事絶疑猜。

遊乾陽山

山在石屏縣。

選勝登山愜野情，驚看足下白雲生。千盤鳥道通幽徑，萬頃淑光捲瑞城。石上仙人遺跡在，窓中禪榻晚烟平。向平婚嫁何年畢，好向空山採杜蘅。

昆明道中

滇郊百里草淒淒，萬頃烟波望欲迷。近水千村天上下，凌霄雙塔寺東西。碧雞關遠峯偏峻，石佛岡平勢漸低。八十年間多感慨，紛紛興廢總難齊。

和張月槎《西湖別墅見懷》韻

最愛西湖達異湖，石坪形勢四方無。春風草閣躭詩句，夜月扁舟載酒壺。湖畔莎青沙鳥集，嶺頭松老野雲孤。愧無杜老春山韻，張氏隱居洵不如。

庚戌四月十八日

年餘八十雪盈頭，一事無成照水羞。甑破不須回首顧，劍沉何用刻舟求。人情事後方能識，書債閒中尚欲酬。從此萬緣皆置却，歸耕好作稻粱謀。

遣懷

駘蕩春風感歲華，頻年十事九堪嗟。逢人懶學方三拜，作賦慚非温八叉。時去自知人易老，囊空常笑酒難賒。日長惟喜黑甜好，頃刻曾能夢裡家。

輓定空上人

挂錫空山五十年，重來握手兩依然。青浮大鼎松千箇，翠掩柴門竹萬竿。談麈空懸塵壁上，遺經已付後人傳。三生石上曾相訪，再世同參栢子禪。

贈夏東德州守

三楚多才獨讓君，每聆麈誨挹清芬。高文醇茂宗西漢，健筆縱橫見右軍。五夜彈琴簾外月，千村澤沛焕峯雲。三春民物歸陶鑄，召杜風流久著聞。

和撫軍甘立軒先生《留芳園雜興》十首，用杜工部《遊何將軍山林》韻

爲愛園林好，臨流度小橋。花繁低拂檻，柏老上干霄。勝地常堪賞，佳賓不用招。流連忘坐久，歸路不知遥。

高齋無俗客，三徑野風清。瑶草堪眠鹿，垂柳聽囀鶯。黄扉資作楫，綸閣待和羹。詔起忠員裔，旌麾向北行。

倚檻看花木，軒窓鎮日支。鳥鳴棲碧柳，魚樂躍清池。茶熟留賓試，吟成只自知。鄴架書常滿，乘閒手自披。

遠地風光好，頻開爛漫花。詩篇凌鮑謝，筆陣走龍蛇。憶子書頻寄，留賓酒再賒。晨昏勤奉祀，園舍本爲家。

蕉花甲海宇，紅白四時開。秋老風清桂，冬深綻早梅。日薰花氣暖，風送樹聲來。命僕時扃户，防人破緑苔。

石室鳴琴罷，憑欄撫碧泉。臨池書瘦勁，作賦意纏綿。對譜翻棋局，携囊□酒錢。□□雲更□，花柳繼前川。

遲日觀書暇，池荷送暗香。啣杯花氣暖，對局樹陰涼。水動知魚戲，枝低覺鳥藏。幽軒聽夜雨，山色曉蒼蒼。

林亭制作好，景物勝仇池。却暑揮團扇，臨風墮接䍦。羣稱君作父，人以賈名兒。厚澤淪肌久，歡聲到處隨。

空堦延皓月，老樹拂青雲。望斗長彈劍，開樽細論文。花深徑亦轉，草盛路微分。閉户焚香坐，心空萬慮紛。

當代稱詩伯，公足配陰何。室小藏雲滿，庭空見月多。歡來時對酒，興至一高歌。雄辯常揮麈，答應問字過。

和何洞虚《妙應講寺》韻并序

丁酉歲夢游昆明山寺，能一一記其曲折。今春登陸山妙應講寺，宛然夢中所見。内懸老僧畫像，上題句云：何年得遇洞虚子，石鼎當窓煮露芽。與兄號相符，亦異事也。按：洞虚，名其偀，字天成，又號六谷，石屏人，工詩文，善書法，著有《墨雨樓集》。陸山在昆明縣北二十里，一名商山。

文士前身多老衲，重逢底事轉悲傷。傳衣梵宇留遺像，煮石長廊馥妙香。園澤懷人情未盡，天珍有夢事殊常。陸山我欲同君往，坐看飛花點石床。

秋日感懷簡王永齋檢討

君家昆水濱，我家玉山麓。元江有玉臺山。相望如參商，每憾地難縮。何乃萬里外，晨夕訴心腹。夜雨共寒燈，出門間連轂。長安冠蓋地，人情多翻覆。惟君與駕部，謂錢君亮采。相親比骨肉。憶昔少年時，志不甘雌伏。中歲歎數奇，十事九迫蹙。努力赴功名，又恐覆公疏。高堂有老親，不得問寒燠。入宦生計疏，閒愁積萬斛。秋風吹我衣，誰爲憐范叔。不如返家園，荒江結茅屋。架擁鄴侯書，圃藝陶潛菊。呼童緑南畝，酒熟葛巾漉。著述留名山，一徑可貽穀。

爲麗江友人題畫，渺然而有故鄉之思

先世金華徙玉臺，一官南北又歸來。不知劍海何風景，蓼嶼蘆洲畫裏開。
北望名山是玉龍，經年皎潔白芙蓉。此間正苦炎熇偪，那得移來十二峰。

望雨喜雨圖詩

辛丑夏旱亙千里，中田有禾枯欲死。朱侯徒步禱桑林，甘雨如注心則喜。
跨馬郊原省農耕，酒食攜來餉婦子。村童羅拜列馬前，轉凶爲豐受公祉。
吁嗟吏道今難言，早夜止勤催科耳。朱門歌舞畏春陰，甯顧溝壑有轉徙。
願將朱侯喜雨圖，遍視民牧作懿軌。聖主至今重循良，霖雨蒼生自茲始。

祝年伯劉代之壽

家在彭堅石室邊，耆英盛事一鄉傳。甕頭浮蟻經千日，杖頂安鳩又十年。煙雨春濃栽柳徑，雲霞秋熱種芝田。少微南望明如月，解識高人是散仙。

元江清水河橋記

元於滇爲邊徼郡邑之雄。其四面皆水，環城爲流。如重柵爽寨，入其境非涉水不能前。其舟則束板以渡，無傍壁可援，上下失勢，輒溺流數百里杳不見跡，故常以水險於他邑。其地城南爲清水河，夏秋之交雨水彌漫，波濤洶湧，居人既以其附近城郭，旦旦而往，勢非木橋之所支，而又無强有力者爲之經營措辦，故其病涉視他所爲甚。癸未歲，蜀人厲應龍慨然捐金數百，建造石橋，將以今春樂成。元人樂其利也，以爲不可無述，予惟。浮屠老子之宫，君子所謂驅天下之遊民，而曠廢其手足，其無益甚明。然世有不惜捐踵頂、碎身家，以佐其費，而耗財力於無用之地。至於除道乘梁，要爲有濟於世而莫前。應龍固無求於元，而元又非其宗黨戚里，其何以樂善好施，又何心哉！世之强有力者拱手熟視，莫顧其利害之誰何，而慷慨好施出於斯人，禮失而求諸野，君子良用，慨然而於斯人爲可喜也已。故不辭而爲之記。

關侯廟記

余讀書至子輿氏所云：『富貴不能淫，貧賤不能移，威武不能屈』，求之三代而後克副斯語者，實難其人。惟關漢壽亭侯始足當之。漢之季，王室凌夷，奸雄並起，而竊命跨州連郡者不可以指數。當時人心已不復知有漢矣。昭烈雖帝裔，未有一成之田，一旅之衆，徒挾空名以伸大義於天下，其勢力不逮袁曹孫氏遠甚。乃遥擇昭烈以從事於涿，流離奔走，百折不回，其志可不謂堅，而守可不謂定乎？其客於操也，子女玉帛，所以供奉者備至，曾不以動於中，而操亦不得而留焉。迨荆州搆釁，臨大節而不可奪。剛大之氣，足以塞天地而配道義矣。蓋素好《左氏春秋》，其生平學術皆得力於此，取捨不謬於聖人。子輿氏所謂大丈夫者，捨侯其誰與歸哉？且卓然不可及者，匪直此也。諸葛以十倍之才於操，猶難之曰：『不可以與争鋒。』迺取襄攻樊，摧破七軍，虜于禁，斬龐德，操議徙許以避其鋭。其將略固有大過人者矣。使其志獲伸，方之高光之蕭曹耿鄧何愧哉。不幸穿窬之徒，毁盟而附操，使其功垂成而敗，則漢業之不復興，亦天意之不可知也。安得謂其謀之不臧，而慮之不遠也哉？以故光明俊偉之概，震於當時；成仁取義之風，傳諸後世。雖荒陬僻壤，人跡罕至之區，莫不虔祀而敬奉之。宫殿之崇，照耀雲日者，不可以數計。古今祠祀之盛，未有如侯者也。元故有廟，創於嘉靖之乙丑，至萬歷丙辰，那公涵春重建之，迄今歲久，日就傾圮。夫浮屠老子之宮，所在都有。大抵不俟其頹敗而早爲之所。侯之忠義，炳若日星，其宜尊崇奉祀有非浮屠老子之宮所可比者，故敬贅數言於貞珉，以傳之後世。斯廟之成，其有功於名教也，豈淺鮮哉！建工始於辛卯之冬，迄壬辰仲夏而落成，予乃謹爲之記。

催妝啟

梅試奇香，映鏡臺而一色；松標黛幹，昭絲幔以齊輝。詩首《關雎》，禮崇奠雁。懽逾渭洽，慶溢宗祧。行篤孝誠，誼敦友愛。簪纓璀璨，巍巍畫戟高門；閥閱嶢岧，奕奕朱輪望族。兩世相承弓冶，洵稱有向有歆；一堂競奏塤篪，不但爲斂爲敞。岡鳴三鳳，日騰迓祖之桐；海翥八龍，雲護□孫之竹。既能述志，更善貽謀。教啟義方，家塾通乎族□；□□內則，閨門儼若朝廷。所以秀毓左芬，才鐘班淑。□□□□，曾成鮑氏之書；近聚雪天，久著謝庭之詠。固屬□□□□則，實緣冢嗣之嘉修。弟未獲識荆，□□□□□。□□□慕，君子煥山瀘水之間；扶杖餘閒，□□□□臺山之畔。緣諧秦晋，盟締朱陳。念仲子北城求官，不改□□□□；乃愚孫南中擇婦，快逢孝綽之家。文定厥□，□□其吉。野人陳篚，慚無三百檳榔；穉子窺園，喜種□□玉璧。俯聆鼎諾，仰荷淵涵。伏願鴻案相莊，鹿車並肅。此日金蘭馥馥，允諧歸妹之占；他時瓜瓞綿綿，信叶多男之祝。

又

女牀擁樹神鸞，聽吹月之簫；仙漢横霞靈鵲，待飛虹之駕。繞堂菊静，光凝玉鏡之臺；環砌梅芬，瑞應繡屏之箭。懽聯二姓，好訂百年；德符壺範，望叶女宗。窈窕淑儀，才咏庭前之白雪；柔嘉令則，識窺座上之黄裳。韓相國曾孫，佐彤庭之柱石；崔南山祖母，育丹闕之棟樑。夙贍寶婺之垂光，幸托氷人以通好。某生自文疆餘裔，歸于新息後人。未嫺酒食之司，罔識枲麻之職。何意赤繩聯月，盟諧朱雀橋邊；忽看白璧生烟，喜溢絳紗帷下。羨令愛蘭心蕙質，有大家之餘風；愧愚男燕玉魚珠，無右軍之逸氣。實欣天作之合，竊重人倫之源。式成六禮之文，庶望三星之夕。謹筮某日陳盈筐之棗栗，某日迎夾道之笙歌。敬報良辰，恭求寵命。簪翹翡翠，澗流麻飯之香；縷結芙蓉，路引瓊漿之驛。萬年枝下，時傳弋雁之章；百子池旁，永衍育麟之慶。

定空上人塔銘

師諱寂惺，號定空，俗姓何，父諱百春，母劉氏。夫婦喜飯僧，在娠，母劉氏長齋禮佛。

及師誕生，數歲不茹葷，年十餘，往往有出塵之想，日以爲言，父母重違其意，乃令祝髮爲僧。師事益惟上人而晝夜勤苦，戒律精嚴，益惟嘗稱之。康熙辛酉，大兵平滇，師避兵嶍峨，遠近之人皈依者衆，又徧遊雞足、水目、九峰、獅山之間，訪明師以廣聞見，後住錫海潮寺，又州中之小刹也，僅前樓三楹及兩廂。寺當孔道築茶亭，道旁以飲人，平治道途，往來之人便之。勤苦力作數十年，開拓寺宇前後樓廊數十間，大鼎固童山。師栽植松柏竹木近萬株，鬱鬱葱葱，稱聖地焉。寺有常住，僅足以食十人，師增廣其田，倍於舊額，僧衆衣食不缺於供。且性廉介，不受饋遺，當道貴顯至其廬者多敬禮之，或招至署中則固辭未嘗往。起嚴自守，不慕勢利如此。與余交最久且愛余書，余在楊林，師來省視，延於寺中者數日，臨别依依。師是時抱微恙，未幾遂示寂，葬之日，遠近弔送者數千人，是可以觀師之德矣。葬後五月，其徒孫普心請余爲銘之，曰：生人大患，緣於有身。迷其性者，往往沉淪。師性明覺，去妄存真。住錫空山，甘若食貧。臨濟正宗，師真其人。大鼎之巔，秀松之濱。塔銘其上，以照千春。

郭青來制藝遺稿序

文章之與福命，二者常不相兼。富貴福澤，天以豢庸人，而獨以文章厚聰明秀傑之士。然往往苦其身，遲其遇，俾之顛倒困頓而不克自振，甚或不永其年，此又天道之不可知者。吾於郭子青來有深悲焉。青來爲三楚名諸生，屢試壓其時輩，歷任學使，有寡雙少二之日，既而屢困場屋且横罹非辜，幾不自保，賴當事諸公悉其枉，得脱於禍。楚之人士惜其才而嘆其屈伏也，非一日矣。辛卯之秋，余奉命興楚試，闈中得青來卷，歎其雄深老潔，知爲積學之士。榜放，遠近之人皆爲青來喜。及計偕來京以所作制舉業質，余讀之，貫串諸經，旁通子史，其理本之程朱，其氣取之古文先輩，嚴而不失之促，密而不流於隘，其得緱山先生所謂緊字訣者，其可傳世行後無疑也。且其詩古文亦深入古人堂奥，孝友之行爲鄉黨所稱，生徒經其指授者爲文章悉有法度可觀，乃不得置身天禄石渠間而賫志以没，此有識之士所爲嘆息于天道之不可知也。甲午夏，余刻其文以公同好，未及成而青來卒于京邸，明年其友人王君予未捐貲續刻之。先是運使陳君允匡吏於鄉，延青來教其子，及來京復留之家塾。青來之卒也，陳君買棺殮之，且爲之以歸其櫬。嗚呼，敦古道如陳王二君者，近今中豈易得哉！

馬節婦墓表

皇清恩旌節孝例贈宜人馬母沙太君墓。

節婦姓沙氏，建水人，性孝謹醇樸，不御鉛華。幼值母病，衣不解帶，侍奉數晝夜不去側，刲股救母，病旋愈。後逾年母病死，痛苦哀號，飲食不入口者數日，鄉鄰稱孝焉。年十六歸馬公名揚，甫三月□□□節婦痛哭自縊，姑同幼弟救之復甦。

順治丁亥，流寇破臨安城，殺戮最慘。節婦與弟同翁姑匿天牆内，及兵退，夜入山□□□□□□□往元江避兵，三年復歸。臨安遠近之人皆知節婦賢，争來議婚，節婦出惡言峻拒之，事翁姑惟謹，日勤紡績縫紉以供□食□，如名揚在時也。翁姑憐其少無子，私議欲嫁之，節婦聞之臥床不起。從姊沙氏以爲病也，往問之，節婦曰：『人所以異於禽獸者，以有節義廉耻也。吾歸馬氏三月，不幸夫死，若靦顏事二夫，與禽獸何異乎？□吾自縊，姑與弟解救後，不復冥死，以翁姑無子，並吾弟幼孤，無所依歸也。以翁姑無子且吾弟幼孤無所依歸也，今欲嫁吾，更何顏立于人世乎？吾不食已三日矣，欲□死耳。』言訖，節婦泣，姊亦泣，翁姑聞之始大驚駭，知其志堅不可奪也，乃許之。節婦拜謝曰：『今而後，兒得守節一之義矣。』於是剪髮毁容，足不逾�内，事翁姑愈益謹，又善哭其夫恣極哀如初喪之日，鄰里聞者莫不酸楚也。

教其弟文秀讀書，朝夕不輟，小有異差即呵叱之。弟亦敬畏，事之如母，少違。後游于庠，爲名諸生，皆節婦之教也。姑屢病幾，兩割股救之，後翁姑壽終，喪葬皆如禮。及弟死，又與弟妻撫其二子□柱國□蘊珍皆食廩餼，後蘊珍由貢授楚雄學博。

節婦生於崇禎辛未正月初八日，卒於康熙庚辰冬月十三日，守志五十四年，壽七十而卒。郡中稱節孝者，首推節婦焉。先是節婦在元江先大父與夫人常嘉歎之以告余，其侄柱國昆□述節婦生平，求余表之，與余所聞無異，因論之曰：婦以從夫爲義，假令節婦自縊於名揚身死之日，已不愧古之烈女，獨以婦代子事翁姑以壽終，撫教幼弟，其大節豈尋常女子所能及乎？因思國家□□□□□□□□□□□□節婦之□□□□節于人世者，何忍湮没不傳？爰囑柱國昆弟請入祠，表其潛德幽光以勸後世之爲人婦者。

賜進士第翰林院檢討充三朝國史政治典□□方輿路程三館纂修官康康熙辛卯科欽差湖廣主試大理寺少卿姻眷侄馬汝爲頓首拜撰

吏部候選儒學姻晚楊昀敬書

《馬悔齋先生遺集》跋一

詩文者，性情與心血之流溢於外者也。其心跡之坦蕩，性真之活潑，必隨所處而無不自得。斯其發之爲詩、著之爲文者，始足以歷星霜，經災變而不至泯滅。且不惟不泯滅，竟於其湮鬱既久而卒傳焉，更因其久而後傳，而世之寶貴之者，亦遂什倍於尋常焉，則余於《馬悔齋先生遺集》之謂也。先生遺稿舊無有傳之者，歲戊午，邵陽劉君粹叔代知元江縣事，始蒐集之，共得詩文百餘首，編爲四卷。將付棗梨，眎余讀之，余維編中觸物感興，記事論古，罔非至情至性盎然紙上，蓋不屑與世之流連光景者争靡麗於一時，忍令其湮鬱而不傳耶。噫！先生生於二百年前，而其文詩乃傳於二百年後。此二百年中，刀兵水火之災變，不知經若干摧折而卒能流貽以至於今者，此其中蓋有天焉。楊升庵謂『斯文顯晦，有神物呵護之』者，豈不信歟！若夫先生治績之優良，書法之精妙，諸公前序言之詳矣，兹不贅云。

昆明婁際泰謹跋

《馬悔齋先生遺集》跋二

昔人謂，士得一知己，可以無憾。夫知己之遇，豈易易哉？彼荆山之璞，豐城之劍，當其未遇時，韜光匿采者，不知其幾千百年。迨至卞張之輩出，其名遂得，照耀耳目，流傳後世，物理蓋有然也。吾元馬悔齋先達高才碩學，文名噪一時，入纂國史，出典楚闈，内用寺副無冤獄，外守銅仁有政聲，而生平著作，當時無有梓而行之者。迄今二百餘年，亦如荆山之璞，豐城之劍，卞張莫遇，雖美弗彰也久矣。歲戊午，劉公粹叔來官吾元，擅吏治，長才行，政之暇，雅好著述，發思古之幽懷，用表彰于先哲。徵求遺稿，心力交勞。無如二百年中，一毁於兵，再毁於火。同光之際，癘疫流行者，幾三十年。一時居人死亡殆盡，茫茫浩劫，其禍遂波及於文字。故雖搜羅維殷，僅得詩文各若干首，付之梓，人并爲之傳其生平，碑其墓，表其宅焉。嗟乎！文字之遇，自古爲難，劫運頻仍，消磨易盡，向使不過劉公而吾先達之文章行誼，誰爲知之，而誰謂傳之者，不亦如蒙化陳存菴、彌渡張宜軒諸先輩之撰著烟消者耶？今則潛德幽光，具發其微，戛玉敲金，共聆其韻，森竊喜先達之幸遇傳人，而尤欽劉公之能傳先達也。不誠先達之知己哉！故不揣而謹書數語於其後。

邑人彭松森書於元江勸學所之南軒

《馬悔齋先生遺集》跋三

昔張月槎序王子京詩，稱與王永齋、謝昆皋、馬悔齋諸先哲同在京師唱酬甚樂，既乃散去，不覺黯然而神愴。夫所謂黯然神愴者，特感於鄉先哲聚合之難常。其酬唱之樂，夫固不因聚散而有異。今永齋、昆皋與月槎諸前輩之作，後起者類能誦之，獨吾元悔齋先生，與王謝之倫同以詩鳴於時，而吟詠之流傳不少概見，是豈曾文正所謂『著述之或傳或不傳，殆有數』耶？抑豈冥冥中獨有所待耶？桂生也晚，欲尋墜緒而未由，其黯然愴神者，又不僅如月槎當日聚散之感而已。而孰知人往風微，至二百年後，有粹公其人，自五千里外飛舄來元。於聽訟行政之暇，役役焉爲之搜殘綴碎，刊此遺集四卷。其闡發幽光，詔示來茲之功爲何如，而冥冥中之有待而傳，蓋可知已。

總裁唐公函稱：此次表章往哲，極費苦心。與顧俠君刊元代之詩翁，覃溪搜蓮洋之集，其事類而所爲尤難。觀於集末雜識所載，不誠然哉！不誠然哉！

楊叢桂湘亭謹跋於雲南省議會

呈請鑒定遺集文

劉達武

竊以國粹微茫，匹失與有保存之責；前修湮没，後學宜勤揚榷之功。查馬悔齋先生者，清代名流，元江人望。品端以粹，學博而精。書法右軍，滇中傳四傑之目；詩宗老杜，毫端吐萬丈之芒。蜚英則詞林傾服，供職則中外歷敭，國史與修，探天禄石渠之秘；楚圍典試，顯沅蘭澧芷之芬，出守銅仁，而政聲卓著；入爲寺副，而廷尉稱平。奉諱則萬里奔喪，孝恩純篤；垂老則同懷相慕，友愛彌殷。閣構尊經，貽鴻室琳瑯於後學；廟隆至聖，實蠻鄉文教之先河。綜厥生平，珪璋完美；攷其文行，山斗同欽。惟世變遞相推移，風流日行衰歇。雪川構禍，藏書隨烈燄而消；雲裔式微，遺墨與流星俱盡。徧求志乘，既皆少有流傳；載訪英耆，但能言其厓略。良足慨矣，謂之何哉？幸子美之詩魂不爽，文公之道力通神。山爲效靈，出墓文於二百餘年之後；竇不終韞得遺稿至數十首之多。詮以數言，釐爲四卷。補殘綴碎，集零錦以成章；秘討冥搜，擬醵金以付梓。敢謂有功於先正，亦略存墜緒於吉光耳。惟是天末遺詩，經羨門選訂而後著；南園遺集，得諸公作序而益彰。用獻均衡，伏維鑒定。乞於編首賜以序言，用彰大君子之宏裁，而發鄉先生之潛德。庶幾表揚前哲，增天南金碧之輝；誘勵後來，争泰西文明之盛。

雜識凡二十一則

邵陽粹叔劉達武編輯

先生遺墨一册，縣人吴茂才香亭家藏本也。字跡剥蝕，葉有脱落，首十餘葉，選録唐宋以後七言絶句，次三十餘葉，即先生歷年詩稿也。次則彙録老學菴及藝藪、西湖各筆記，又次雜録數事，一爲二十一史纂著者姓氏，一爲乙未正月二十三日御試原官休致翰林二十四人姓氏，一爲湖廣辛卯副榜十八人姓氏，一爲戊戌科翰林六十人姓氏，一爲直隸各省地丁、税課、官俸、衙役、驛站、祭祀、兵餉起運銀數，其空白處，雜以銅仁府印印花，則先生出守銅仁時，此稿亦行篋中物也。香亭幼孤，其父亦好古士，常把玩不釋手，後爲族人某借而秘之，屢索不返，訟於官，乃獲珠還。尋即下世，病革時，常舉其事以告香亭，自是珍襲於家不以示人者，三十餘年矣。余披閱既竟，即窮一晝夜力，手録一通，亟以原稿歸之，而識其大凡於此。

先生墓原在南灘，其子姓以風水之説，遷葬澧江渡左之金鰲山，距叢桂山莊廢址不遠。余與楊議員湘亭叢桂訪尋其地，宿草榛莽，碑碣無存，感而弔以詩云：『荒原抔土澧江東，宿草蒙茸霜露叢。空有漆燈明夜月，更無石馬泣秋風。思賢碑没傷徐穉，限牧墻高待悔翁。不盡低回憑弔意，青山萬里夕陽紅。』清季州牧蘭溪趙一清心得欲爲封樹，未果去任，留別有『金鰲舊址懷先哲，澧社流風想雋才』之句，蓋亦流連低回不忍去云。同治中，州牧武陵劉采九鳳苞追慕其賢，欲爲文表諸墓道，尋又調任不果，余既立石誌墓，惜不得采九之文以章之耳。

余謁墓既弔以詩，元人屬而和者，有梁教員卓亭朝選、彭所長筱坡松森、何推事楯墨文選、李茂才清芬芳、周校長價人維藩、彭校長瑞柳松華、温教員席珍之儒、楊教員寶三崇政、胥教員鴻雯儒林、吴茂才香亭蘭芳、潘實業員玉山瑜諸人，今並録之。卓亭詩有小序，略云：『悔齋老人，吾元先達中之詩伯也。粹公既爲之贊其像，表其宅，刻其遺集，而又有謁墓感賦之作，悱惻纏綿，令人不忍卒讀，公真詩伯之知音哉。謹次韻以和之。』詩云：『古道斜陽舊苑東，金鰲山畔見幽叢。一抔土築高人塚，千載人欽國士風。蕉葉藏書思約甫，桐花有句憶髯翁。於今臨弔勞賢宰，椽筆題詩掃落紅。』筱坡句云：『名賢古墓大江東，片碣無存宿草叢。此日金山光夜月，當年槃甸牖文風。人傳楷法懷松雪，我讀遺詩憶醉翁。幸有表彰劉令尹，豐碑斜映夕陽紅。』楯墨句云：『文章獨步漢西東，付與青林衰草叢。幸有殘篇留正氣，誰憐荒塚多英風。知音一旦逢賢宰，遺稿千秋見悔翁。寄語令威化鶴至，江城遍種桃花紅。』清芬句云：『追賢懷古澧江東，一代文豪伴草叢。世事悠悠悲逝水，佳城鬱鬱占秋風。字留蕉葉唐懷素，樹詠梅花陸放翁。夜讀悔齋遺集罷，頻驚星斗落江紅。』價人句云：『滔滔水逝澧江東，杜牧墳頭蔓草叢。況有文名傳後世，那堪詩骨冷秋風。高節我欽陶元亮，法書人稱沈石翁。一自使君揚厲後，鰲山日日夕陽紅。』瑞卿句云：『金鼇山畔廢莊東，驛路斜陽照草叢。壙土一抔留古蹟，文章千載仰流風。津梁後學懷先哲，明月前身憶乃翁。檢點遺詩頻展讀，光芒萬丈筆端紅。』席珍句云：『鐵綽銅琶大江東，謫仙去後草叢叢。白眉自昔欽家範，紅履於今見古風。夢燦筆花三學士，香墨浪兩髯翁。自從賢令勤封樹，霞映文光落照紅。』寶三句云：『一抔黃壤峙江東，封樹無人蔓草叢。寂寂山原成古蹟，泱泱江水想高風。書傳楷則追蕭子，詩唾珠璣擬放翁。賢宰表彰真盛事，文光直射斗牛紅。』鴻雯句云：『才名一代澧江東，底事詩魂掩草叢。零落空山傷委玉，汪洋江水想高風。徑問不見陶彭令，湖上更無李笠翁。賢宰刊行遺集後，文星朗朗滿江紅。』香亭句云：『澧社之江東複東，名賢孤塚莽芳叢。青山有幸埋高士，濁世何人振古風。楷法滇中稱逸少，詩才湖上溯仙翁。同來弔古頻惆悵，歸路依稀夕照紅。』玉山句云：『峨崀山北澧江東，名士幽光付草叢。此日荒郊留古塚，當時蠻野啟文風。姍姍秀筆追松雪，娓娓佳篇擬放翁。幸遇知音賢令尹，碧紗籠映夕陽紅。』

昔張芸叟過魏文貞公舊莊，感賦云：『破屋居人少，柴門春草長。兒童不識字，耕稼鄭公莊。』蓋傷其式微也。今年夏，余聞先生裔孫名國安者，自省會肄業歸里，屬湘亭君携與俱來。見其年甫舞勺，姿秀穎，文亦清適，而問爲先生幾世孫，竟茫然不能作答。既乃檢送所藏家牒，亦略亂莫知其世系。時國安父母均歿，親族無孑遺，寓居於外王父孫君澤芝之家。其異母弟國華則寄育外王母高氏家，僅五齡耳。零丁孤苦，世業衰微，可爲浩歎。然以視魏氏子姓，爲有間矣。

嘗與筱坡君訪先生故宅，沿馬家巷行數十武，見其背城面河，敗瓦頹垣而外，僅存『渾金璞玉』一坊，字爲先生手筆。亟爲立石宅左，額以『所謂伊人』四字，亦夏侯嵩思賢之意云爾。

余方搜輯先生著述，筱坡君檢送文詩鈔本一巨册。凡記序數首，近體詩二百餘首，首尾多脱簡，作者姓名均逸。細審之爲石屏人，蓋與先生同時相交遊者，兹摘録其唱和數首。《和村居韻》云：『流行坎止隱南山，彷佛歐公住潁關。朝帶林泉仙骨老，野懷廊廟道心閒。滿江雲物供舒笑，萬類風光暫駐顔。無限蒼生思謝傅，一天霖雨望重還。』又《和過觀丞弟山莊二律》云：『安仁體叚樂仙家，沉静幽深遠物譁。勁節不撓淩竹柏，扁舟獨入笑匏瓜。花開野徑吟唐句，月上曲塘飲陸茶。經濟從來儲草莽，蟠溪豈忍老烟霞。』『坦懷履素住仙家，清雅無塵静俗譁。芟蔓鋤雲培鄺菊，開渠引水灌參瓜。臨流酌酒閒談畫，邀月裁詩細品茶。養晦林泉欽二陸，依稀莘野舊烟霞。』

瑞卿君出鈔墨一册，亦百餘年物也。葉有脱落，字尚完整，亦不著姓字。初疑爲舊志鈔本，細校閲之，則編次既殊，詳略亦異，知纂志時，此本尚未收獲入局也。如知府羅鋐送先生公車北上詩，爲舊志所未載，詩曰：『一第君何重，吾門喜得人。長乘萬里浪，遠拾帝鄉春。榴火摇征蓋，荷香送去輪。棲霞山上望，猶見別時塵。』其志已收録而詳略不同者，如吴克庵學使自肅贈先生詩云：『棲霞山上瘴如雲，旭日光華喜見君。濯濯春姿堪共對，盈盈秋水欲平分。摘花入夢傳真派，代草登朝續令聞。珍重吾曹期許意，驊騮五色本空群。』按文秀君墓表，稱先生受知於克庵，有國士之目，故贈之如此，而志僅題『贈元江馬生』五字，不載吴公姓氏，殊令閲者目迷。甚矣，舊志之略也！

邑人王推事星南文燦，出眎《竹林集》殘稿，稿爲清季李象峯州牧令儀與州人史孝廉炳謙諸人唱和之作。象峯，粤人，父子均能詩。余既選入《天南六朝鴻泥録》。中有《金鰲山感懷先生》七絶云：『江城山水畫圖開，小小茆亭砌石臺。緑竹冷泉風致在，秋深誰對晚霞來。』蓋先生當日有『我亦金鰲新築室，待君秋晚對明霞』之句。炳謙和云：『誰把鰲峯勝景開，宣丞能事冠書臺。只今剩得頹垣在，明月清風任去來。』

鄭惠卿教員則僑亦以《愛蓮堂詩集》相眎，乃其鄉先輩謝仁齋貢士保壽著也。中有佳句已選録於《滇雲隨筆》中，其謁先生墓五律一首，雖未必佳，亦以存詩人沆瀣黄壚之感，詩云：『一代文章手，允推著作才。詩成鬼神泣，筆落風雨來。墓占鰲山勝，第先澧社開。聲聞終不滅，後起仰丰裁。』

温教員禮南之璋言其曾祖雲橋大令曾自石屏鈔歸悔齋文詩集二本，藏弆於家。余喜甚，即飛函往取，以爲可窺全豹矣，既而携至，其詩鈔乃張月槎侍御之稿。文十餘篇，則先生少時應試之作也，即笑遣之。蓋温氏藏書之富，甲於元邑。禮南於曝書時，記其彷彿，故誤以月槎者爲悔齋也。

澤芝翁藏有先生《行樂圖》及詩帖一軸，出以相示，雪髭鶴髮，方袍朱履，見者油然生敬慕之心，亟屬禮南君縮臨其像，列諸集首。余既綴以贊語，而筱坡君所藏無名氏殘墨，亦有題辭數首，爲録存之。詩曰：『人生至樂在當前，安素園林適性天。茂叔池塘堪笑傲，淵明松菊好盤旋。庭陳尊酒呼同輩，座有琴書晤聖賢。留得貽謀傳子姓，香山圖畫壽千年。』『結廬深處地偏幽，夏木蔭濃五月秋。過雨荷香清枕上，穿林溪水落池頭。不妨月下將書授，正好花前作臥遊。六一滁山留萬古，身於天地更何求。』『世間何處訪神仙，巖壑深深別有天。陶令田園留百世，謝家亭沼足千年。携朋酌酒依花坐，聽子攻書枕月眠。試問勞勞名利客，抑知不朽是林泉。』其詩帖則贋鼎也。

纂輯時，採訪所及，頗獲遺珠，如《祝翰卿雙壽》及《新興道中》二首，爲彭君瑞卿訪得；《秋夜》一首爲楊君湘亭訪得；《鐵爐關》爲湘亭之兄子癸泉教員壬興得之其先輩者；《澧江浮橋》以下三首亦湘亭之族子鯉庭教員家學所函寄；《華巖寺》以下十五首，爲羅勸學員宿城庶英所鈔寄。妙應寺詩，則石屏勸學所長許君爲綍郵寄湘亭君者，其函略云：劉公慕悔齋學行，爲刻遺墨，此誠爲地方振興文化之賢有司也。承屬搜羅，忻然應命。惟屏人所藏書翰甚多，其著作不少概見。頃晤丁又秋先生，談及路經元城，知遺集付梓在即，復於藏書家徧加訪詢，僅得七律一首，乃《和何洞虛先生妙應講寺韻》之作。蓋先生與洞虛子爲兒女姻親，故其詩親切有味如此云。

因遠縣佐林君崐谷景輝，保山人也，能政知詩，亦自因遠鈔寄書法歌一首，玩其詞意，似非當日全璧。歌曰：『羲龍金鳳六書襄，嘉穗卿雲農與黃。倉子唐龜鐘鼎夏，周家魚鳥又呈祥。務光倒薤宣籀篆，八體嬴秦用甚詳。小篆簡策斯刻符，蟲書於蟠婦秋胡。署書摹印蕭何造，殳笏隸形程邈模。伯喈蕭子善飛白，章草史游杜操成。張芝草聖賢崔瑗，楷法鍾王及顏真。衛瓘爲槀蔡襄散，行推君嗣劉德升。僧虔虎爪漢蛟脚，曹喜垂露且懸鍼。』

清乾隆中，縣人楊刺史衍嗣嘗序輯先生文詩，欲爲付梓，尋卒於甘肅官舍，稿遂散佚。至道光末，關選拔琴堂烺見楊序言，欲竟其事，復以遠行不果，及歸又下世。瑞卿嘗言曾見琴堂姪澤珊茂才家藏有楊氏序言，而澤珊又於役蜀中，亟屬其戚友徧覔之，卒無所獲。攷元江舊志，楊以丙戌進士出刺綏德，旋卒於任。迄今子姓斬焉無存，而滇中記載於其著述亦復漏略。此間儒宿湮没不彰者，固不僅先生已也。元距省會，路僅七程，社會蔽塞，至於斯極。而先生遺稿竟得於二百年後復行於世，是豈文字之顯晦亦有數存耶。

冬秋之交，癘疫流行，元人死病相藉。先生遺集時方脱稿，胥鈔者苦乏其人，乃函屬普漂楊教員在校繕寫。既成，自榜人溯洄寄署，乃至距城十里之都浪灘，風起舟覆，鈔本盡没，幸初稿尚存耳。於虖，以最脆弱之文墨藏於家，則有兵燹以乘之。其殘餘者，輾轉數十百年，搆訟方已，又爲河伯所妒。文字劫厄，顧如是哉！

師荔扉《滇繫》稱先生與虞虞山參議、趙鼎望庶常、趙玉峯少宰，書法皆本右軍，可稱滇中四傑。余到元後，徧訪墨妙，冀飽眼福，於是此間士夫各出所藏以相欣賞，然皆作字粗緞之上，墨滯筆澀，率意酬應，佳者頗少，遜於詩鈔小楷遠甚。最後鄭惠卿君以素絹中堂見饋，僅署名氏，不題上欵。草書七絶一首，秀勁超逸，實爲所見各字之冠，余甚寶愛之。《文秀甫君墓表》稱康熙中御試滿漢書，先生俱拔第一。既而聞澤珊君家藏有先生滿文一幀，屬刀君新鑒維周借閲之。字凡七開，節書《周易》《湯誥》，每句之末，譯以漢文。惟余不習清書塗軌，拱璧當前，莫究其妙，爲自愧也。

文秀甫君爲先生王父，其墓誌墓表，滇中記載未獲收録。至民國六年，瑞卿君從老烏山村沐氏廢篋中檢出，珍藏於家。墓誌爲清文淵閣大學士太倉王掞撰文，内閣學士荆門胡作梅書丹，貴州提學使松山蔡珽篆額。墓表亦珽所撰，而書丹爲檢討昆明王思訓，篆額爲檢討石首鄭其儲。誌表裝潢成册，計十二開，雖有剥蝕，尚能成誦，録之文遺，以見先生之學行有自，而後之重修志乘者有攷焉。

州志載有文秀甫君《登玉臺山》七古一章，音節入古，沈雄可誦，詩云：『嶺南山水甲海甸，埋没蠻荒人不見。天放宗元下柳州，特爲山川開生面。惠籠僻處西南偏，開國於今四百年。山川亦自稱奇偉，恨無妙筆一爲傳。我登玉臺數往復，下瞰平疇與山麓。靈崖萬仞高插天，千山萬山皆拱伏。流泉在左響淙淙，天畔更聞遠寺鐘。峯廻路轉開靈境，層層古洞白雲封。怪石如林難投步，攀拊籐蘿更尋路。樹頭野鳥時軥輈，遠見前山起煙霧。吁嗟此境信稱奇，我陟其巔眼無迷。對面五峯横黛色，烟雨霏霏更如絲。滔滔東注見澧水，江城隱現波光裡。城郭人民幾變遷，三十餘年遺戰壘。登臨此日心目開，林壑陰陰晝起雷。夕陽點點牛羊下，暮色蒼然自遠來。郡國名勝稱第一，好景流連當十日。自知流翰塊難工，留俟他年太史筆。』余以瑞卿君藏稿校之，志載殊多訛誤，如『平疇山麓』之『山』作『荒』，『樹頭野鳥』之『鳥』作『老』，『我陟其巔』之『陟』作『涉』，『郡國』之『郡』作『那』，是也。甫君舊有銅鑄小像，高尺許，後因屋塌，遷奉某氏之家，至今婦孺畏敬之。

《文秀君墓表》稱先生與昆明王永齋交最善，又同受知於謝存㦲、吴克庵兩學使。攷舊志載有永齋《玉臺精舍》七絶一首云：『山上樓臺山下泉，結茅巖畔學高眠。於今盡望斯人出，休愛秋林幾樹烟。』玩其詞意，當是先生服闋留籍，永齋過訪，諷其出山之作。又克庵句云：『一峯矗起影嶙峋，樓閣參差萬象新。放眼遥從天地外，可能久是石泉人。』用意亦同，時教授李瀛仙及顧程美、吕天秩諸人，亦均有詩。瀛仙句云：『江流一鏡漾仙溪，極目波光天與齊。閒抱素琴看釣叟，青雲是處任君梯。』顧云：『雲崖萬仞紫霞生，佳氣緼絪似赤城。豈特中藏園綺客，森森玉樹早蜚聲。』吕云：『靈壁天開並太華，流泉深處隱仙家。高眠白石烟塵少，長樹孤松醉晚霞。』三詩同一機杼，惜顧吕二氏名籍無攷。玉臺即先生詩中之瀝青寺，瀛仙名發甲，澂江人，後官至湖南巡撫。

遺集將付印時，余伯兄靖孚振武，仲兄恒孚頌武，外兄莫君經林丙桑，内弟朱君命誠文衮，外甥莫星園鎮藩、壽珊鉅藩，兄子道之塽、彰之坊，及魯民兒均，亦皆先後自湘鄂寄到和謁墓詩十餘首，茲選録之。伯兄詩云：『笙磬淒鏘宛在東，先生遺集桂留叢。三朝得失雙花管，五馬清高兩袖風。南詔書法尊逸少，西江詩派紹涪翁。從茲李杜文章在，萬丈光芒映日紅。』仲兄云：

『臨流漫唱大江東，香滿空山桂一叢。健將長城唐代句，銀鉤鐵畫晋人風。爲書菊部三千本，合是桃源十七翁。萬丈文光今尚在，餘波盪漾海天紅。』經林云：『書傳雁使到濱東，二百餘年識乃翁。文字精華留梓里，塋邱落寞剩芳叢。三朝闕北操椽筆，四傑滇南挹下風。遥對澧江頻弔古，長天日落晚霞紅。』命誠云：『高人塚卜玉臺東，零落棠梨宿莽叢。二百年來傳妙墨，三千里外想餘風。青琴絳樹評孫氏，芳草藕花愛鈍翁。千載知音逢一旦，空山琴韻尚流紅。』星園云：『尺書非遞武攸東，聞道先生有古風。筆墨效靈垂後起，桂蘭得氣發新叢。詩吟梅閣追雙杜，序寫蘭亭邁二翁。萬里長空頻悵望，夕陽遥映遠山紅。』壽珊云：『荒塚斜陽古渡東，扁舟何處訪仙翁。黄沙岫捲寒生樹，白馬郊嘶露滿叢。文字千年留後起，湘滇兩地慕高風。漫嗟秋水伊人去，尚有餘光盪漾紅。』道之云：『玉臺山上澧江東，豐草長林曉露叢。妙墨流傳同快雪，新詩浣誦見高風。碧桃縣裏懷潘岳，白鶴山前憶了翁。遺集欣聞椽筆點，尊榮遠勝字題紅。』彰之云：『元江江外玉臺東，臺上山莊剩草叢。遼鶴影寒餘舊址，花驄聲杳有清風。題碑客尚欽明道，作記人應識醉翁。戛玉敲金遺韻在，寧同寫葉惜殘紅。』魯兒云：『落寞邱墳澧水東，蠻花犵草鬱叢叢。一編尚賸騷人淚，四傑争傳長者風。牖啟後來欽乃叟，表彰先哲有吾翁。公餘遥憶勞編訂，清夜藜光四照紅。』

先生母楊安人，僰種也。元江在明以前，土著皆彝族。彝凡十餘種，而僰爲夥，其俗男女相悦，始爲婚媾。安人生而有異徵，襁褓時，其母夜乳，輒見身有光燄，畏而遠置之；及長，光益熒熒射人。村之兒童雖嬉戲不與爲伍，自是彝族遂無與之議婚者。迨於歸後，光乃漸滅。是殆造物者巧完其貞，以爲明德之配，寧馨之產歟？此事湘亭君爲余述之。

文秀馬君墓誌銘

王掞

滇南馬子汝爲，以乙未冬奉其父文秀之諱，匍匐萬里，自京師奔喪歸，將以康熙五十六年十月十五日，葬君郡東南回龍岡之新阡，先期持君狀來乞余誌其墓。余未識君，而見汝爲舊在翰林，學行爲上所知，館閣一時推重，今佐廷尉，持平有聲，因汝爲之賢，可以識君之教也。按狀，君諱駙，庠名富，字文秀，春山其號也。先世陝西鳳翔人，明洪武中，其始祖諱正輔，從西平侯沐英定雲南，以軍功世襲臨安千户。數傳至諱如麟者，避普名聲之亂，遷于元江。子諱駟輿，舉明經，多隱德，生子三，君其季也。初元江承明季凋獘，地僻而俗陋，士大夫家鮮藏書，學無師承。惟君以讀書學古自奮，自六經子史，下迄唐宋元明載籍，多手自抄録。本朝來首補博士弟子，又督課諸子，從名師遊學滇中。數清門文彩克世其家者，以馬氏稱首。郡中子弟聞風興起，彬彬知向學矣。歲辛酉，逆藩甫靖，餘衆猶未盡殄，僞將尤廷玉掠景東、鎮沅諸境，抵郡之魚鳧。元江一日數警，吏民惶遽不知所出。君乃白於郡守，單騎入其營，曉以利害，廷玉解甲降。郡守欲上其事，幕府兼持百金爲壽，悉謝却之，曰：『吾爲桑梓排難，非因以爲利也。』時兵燹之後，户口稀少，里中以寡婦應役，君言於郡守，罷之。元江舊賦僅一千九百餘石，自李定國據緬甸，增兵禦之，加至數倍。君率里民控諸當事，乞具疏復舊額，先下郡議，而署守陳昌國不利減賦，沮其議，君以力争不獲，事卒寢。時君困諸生籍三十年，汝爲以癸未成進士入翰林，而諸子汝冀等先後登賢書，君乃優遊四野，坐擁書史以自娱老，無復用世之志矣。君篤於行誼，事寡姊四十餘年，友愛無少間；與同學丁寅輝交善，歿而經紀其喪；倡郡諸生，專修尊經閣，並置經史膳田於中；民有以誣繫獄者，君白其枉，得釋，不令其人知之，後其人知爲君力，持白金來謝，卒不受也。其他地方利弊，民生疾苦，自郡守以下，來就諮訪，無不條悉以對。爲福於鄉里者，不可以數計焉。大抵君一生，稽古如桓榮而不求聞達；樂志如長統而非躭隱逸；功成不居，則魯仲連之高節也；清畏人知，則胡伯武之卓行也。雖未獲登於朝，以究其用而身荷封典。汝爲歷官，既克奉君之教。而汝冀、汝明亦漸膺民社，其所以昌君未竟之緒者，正未有艾也。君生於前壬午五月二十四日，卒於康熙乙未十月初四日。

年七十有四。以汝爲貴，敕封儒林郎、大理寺右寺副加一級。配楊氏敕封安人。子四：汝冀、汝爲、汝明、汝聽。汝冀、汝明俱乙酉舉人，吏部揀選知縣。汝爲癸未進士，翰林院檢討，今爲大理寺右寺副。汝聽郡諸生。女二、孫十一人，孫女三，詳見於狀。銘曰：扶風華胄，遠播滇益。文章五常，家修萬石。聊城射書，秦柱完璧。燕貽有子，門高定國。棲霞玉臺，神仙之宅。幽宮允藏，永世無斁。

武按，文秀爲先生王父，其墓誌墓表二首，舊志概未收入，故亟録之。掞，太倉人，清康熙中官文淵閣大學士。

文秀馬君墓表

蔡珽

瀾滄過白崖，東走二千里至羅必甸，匯爲澧社江，即元江也。江介棲霞玉臺兩山，砰訇澎湃，三面環郡城，復東南經畇町，合交岡諸水入於南海。其中清淑之氣蜿蟺扶輿，磅礴而鬱積，宜鍾爲魁傑奇偉之士稱名於時，然自開闢後竟未有聞。康熙癸未，余分校春官，得元江馬子汝爲。訝其僻遠，詢之汝爲，述其先世甚詳。馬氏先爲陜西風翔人，明初有諱正輔者，從西平侯定雲南，以軍功世襲臨安衛千户。數傳至如麟，避普明聲之亂，遷于元江，因家焉。如麟生駟輿明經，精岐黃術，居恒多隱德，生三子：驤、驄、駙。駙，汝爲之府君也。本朝順治己亥，元江阻兵，君年正穉，當僵屍狼籍間瀕於死者數矣，屢夢其父相之，得脱。崎嶇險阻歸，蕩析無以自存，而力學不倦。及郡改設，以士著補學官弟子員自君始。君娶處士楊公令德女，舉丈夫子三：長汝驥，次汝爲，次汝明；又側室舉一子汝聽。君嚴教諸子，課以經史古文。患郡無良師，俾越三百里，從建水名宿段爾際遊，更遣汝爲取友四方。與昆明王思訓、石屏陳沆交最善。同受知甬東謝存峨、濟南吴克菴兩學使，有國士之目。滇壘罷兵燹，書籍多散亡，君購藏略備，尤愛陸宣公文集，令汝爲手録之。初，郡中少年不識讀書，感君所以教子者，人争向學，至今列膠庠者濟濟焉。辛酉，大兵平滇，僞將尤廷玉率餘黨來援，由景東鎮沅抵郡之魚凫，所過殺掠，元江一日數驚擾，思棄城入山避賊。君毅然起曰：『寇深矣，吾將救此一方人。』白太守彭，願往説之。太守謂：『賊勢洶洶，獨往恐不測，盍卜諸？』君曰：『卜決疑也。不疑何卜？且吾視退賊如驅犬豕耳，何多人爲？』遂單騎入其營，曉以利害。賊懼，悉解甲降，一郡獲免。彭欲上其事幕府，君不可。彭酬以厚幣，不受。元江屢被兵，版籍肄者無幾，役及寡婦，君言于太守，罷其役。元糧額舊千九百餘石，緣李定國據緬甸增兵禦之，加至七千餘石，民苦征輸。壬戌，君控諸當事，檄下府議請有日矣。會署守不利，減賦議遂格，君變色力争，以是忤議者不顧也。壬午汝爲舉於鄉，癸未成進士，欽選庶吉士。乙酉汝冀汝明同舉鄉薦。己丑四月，汝爲散館御試，滿漢書俱拔第一。冬十一月，召見乾清門，垂問至悉，汝爲奏對條暢，天顏甚喜。君聞之，以書諭曰：『爾一介小生，知遇聖主，宜竭忠以報，矧詞林職司文炳，勿薄制義爲小，道宜熟復，複爲他日持衡地。』辛卯，汝爲奉命主楚試，號得人，以外簾缺額十名，降補國子博士，君諭以『隨分盡職，勿萌怨尤』。甲午，汝爲遷佐廷尉，君復謂『刑獄至重』，諄諄以『哀矜勿喜』爲訓。乙未秋，援例以子貴封儒林郎、大理寺右寺副加一級敕命。抵家六日，而君捐館舍矣，是年十月四日也，年七十有四。君天性孝友，樂好善施，尤激於義，與人坦易，御下慈愛如己子。念幼在兵戈中，失怙恃，每春秋時饗泣數行下。事孀姊至謹，保護四十餘年，卒爲立嗣而厚葬之。交同郡丁寅輝，同赴歲試，丁病劇，君延醫診視，訴學使緩其試。丁卒，哭之痛，經紀其喪以歸。有經歷某誣繫一村民於獄，君陰辯其枉，得釋，後其人知，懷金來謝，笑却之。郡學故無尊經閣，君捐金創建，置經籍，買田租，募役灑掃廟舍。其他拯人危急，常若不及。郡守詢地方利病，必剴切敷陳，多見採納，民隱受其福。歿之日，遠近聞之，哭泣相弔。君工舉子業，屢困場屋，鬱鬱不自得，及諸子有聲庠序，科甲相望，君於是築室城南隅，課農學圃，種樹藝花竹。時正襟危坐，或香爐茗椀，嘯詠書史以自娛樂，其澹於世故又如此。夫古之有德於民者，没則鄉人祭於其社。君以文學奮起炎荒，足以風其僻遠，固陋之習使之丕變，而德惠深入於閭黨，則其鄉人之祠君宜何如也。君以卒之明年，葬於某山之陽，余按所聞之略，以表其墓。君諱駙，字文秀，號春山，富其庠名也。有孫十一人，並能以文章世其業。女二人，皆適名族。具於狀，茲不復云。

武按，珽，松山人，時督學貴州。

元江府學記

汪份

武按：以下記序四首與先生行誼甚有關係，故從元江州志録入。份，武曹人，清康熙中官編修。

王道之成也，遠而至於荒徼僻絶之區，而其文事之隆、學宮之狀，炳焉與畿甸近地同風，而其道乃可謂四達而不悖矣。吾同年友馬子宣丞語人曰：『京師仕官之最遠者莫如余。』宣丞，雲南元江人也。其地去京師九千里，所謂荒徼絶僻之尤者。故夫元江文事至於今日之隆，其學宮至於今日之狀，乃天地剖判以來所未始有。君子觀於此而竦然肅興歎曰：『盛乎哉！聖世！此至德之光輝遠被而王道所謂大成者也。』考之圖志，元江自古不通聲教，元憲宗時内附前明，隸於土官。洪武二十六年始建學宮而卑陋不堪，郡人未始知學，其生徒大抵皆臨安人，其學官亦僑寓臨安。在上者以度外置之，往往相視以固然，曾不思其有可變之方而曾不思知有可變之日也。自我皇朝混一區宇，改土爲流，以除前代之陋，欽惟我皇上首出御極，戡定大憝，灑掃其疆土而更新之。文德之敷，雍雍如也，鬱鬱如也。由是元江仰遵聖化，洗濯鼓舞，日趨於學，久之而遂，翕然丕變，以至於今。蓋自本朝以來，元江土著人之爲學生者，自宣丞之尊甫文秀先生始；其舉於鄉、遂成進士、選入史館者，自宣丞始；其後，宣丞之兄左丞、觀丞又復連舉於鄉云。宣丞入史館與余爲同年，因知其郡人益務通經稽古爭相觀勉於爲學顧，獨聞其學宫卑陋無能改於其舊，宣丞往往爲諮嗟嘆息，言之而不勝其感也。及余今年復來居舘下，宣丞喜動顏色而語余曰：『吾元江之學宫至今日而始得其恢宏，其廟宇拓大，其廊廡比於畿甸郡國之制，以一洗前日之陋，則太守會稽章君自捐自措，不擾民間一草一木一夫一役之功也。』蓋自我皇上文德之光輝遍滿於海内，而不遺於荒徼僻絶之區，故元江雖去京師九千里，而其文事遂至於今日之隆，而其學宫遂至於今日之狀，雖近而畿甸無以復過。其在易觀國，六四曰：『觀國之光，利用賓於王。』程傳曰：『觀莫明於近。五以剛陽中正居尊位，聖賢之君也。四切近之，觀見其道，故云「觀國之光」。』觀其國之盛德光輝也。朱子《本義》亦云。六四最近於五，故有此象。蓋觀以遠近取義其遠陽者爲晦，近陽者爲明，雖諸爻皆欲觀九五而惟近者得之，是故初六則曰童觀，以其遠於五也，六二則曰闚觀，亦以其遠於五也。令也。元江之地去京師九千里，宜若僅可同於童觀闚觀之所爲，乃至今日而因其人文之日盛，遂廣其釋奠教肆之所而以畿甸近地争華競采，則是處童觀闚觀之域而進而與六四之去陽，獨近者二盡所觀之美，故曰『天地剖判以來未始有』也。予又考之《觀》『象傳』，曰『觀天之神道設教而天下服』，蓋天地至神，無遠弗届。我皇上大觀在上，濬契天道之妙用，設爲文教天下涵泳其德，鼓舞其化而不自知其所以然。世之君子神遊於元江之廟學，默想其人文炳烺，而因推見聖天子至德之光輝亦如天之無遠不被，故曰此王道大成也。章君，名履成，字人也，蒞郡有惠於民，百務具舉，更知爲政本於教而遂以重設學宫爲首事，其役始於康熙五十年之冬而成於今五十二年之春。余因宣丞之請遂序次而極論之以爲記，余弟士鋐見而欣然援筆書之，遂郵致於其兄，使刻諸石上。宣丞之尊甫文秀先生名騈，宣丞名汝爲，其兄名汝冀，其弟名汝明。

元江尊經閣記

汪份

余嘗讀王陽明《尊經閣記》，病其以心學立教而昧夫六經之實理，悖夫聖賢之實功，將思著論以正之而未暇也。適元江馬子宣丞屬予爲其郡學作《尊經閣記》，乃因舉其所欲正者以告之。曰：今夫天地之變化，性命之精微，人倫日用之常，國家禮樂政教之大，莫不備載於六經。要其理則具於吾心，孟子所謂『萬物皆備於我』者是也。然使以萬物之理皆爲一心之所包涵，乃專反之於吾心而不實求諸六經，以深究其物理之當然與其所以然，而其所得者不過影響形似之迹。初非有確然之見於胸中則其所以修己而治人者，必至於是非顛倒紜紛謬戾，莫可救止。故宋儒朱子之經學，一言一句必皆窮極六經之旨趣，以求其實理之所在。此《大學》窮理致知之實功，乃吾夫子相傳教人之家法，而入道者廢此則必失，所以爲學其失，象山陸氏本禪家之心法以亂其學，而陽明復爲之推波助瀾於其後，而倡爲良知之教以淆惑天下。彼其於平日視朱子之實學，固不啻如方圓、冰炭之不相入，故其爲稽山書院尊經記則直斥訓詁辯論爲侮經、賊經，以陰詆吾朱子，然其爲說似猶知經之可尊，而非離經畔道之流之所可比也。及考其篇中所論尊經之説，則以爲尊《易》者求之吾心之陰陽，尊《書》者求之吾心之紀剛政事，尊《詩》者求之吾心之咏歌性情，尊《禮》者求之吾心之條理節文，尊《樂》者求之吾心之歡喜和平，尊《春秋》者求之吾心之誠僞邪正，是即佛氏即心，是佛之餘，論彼其意，蓋以爲一心之外不必更有六經，而其所謂尊經者不過假之以曲濟其致良知之私學，較之陸氏六經註我之説，其弊爲更深。其餘孔子教人之家法不已，盡舉而悖之而不復有顧忌乎？昔吾夫子之教必先之以博學於文，其所雅言者亦必出於詩書，執禮至晚年删定贊修，又未嘗不以六經爲立訓垂後之急務，今也舍孔子以來相傳之家法，而以六經等諸贅疣無用之物其於先儒講明六經之説，又皆視爲淫詞詭辯，斥之爲六經之罪人，吾不知其學者廢此將何恃以求入道，而使其是是非非之不失乎物理之正也。然彼亦自知經學之不可廢而其教之悖於聖人，故又以六經比諸富人産業之記籍，不知六經之於人心之所賴以培養爲安全者，如菽粟之療飢，布帛之救寒，皆有以濟生人之用，而乃徒以區區記籍之空文比之，不亦惑乎？彼既以六經比之記籍之空文而不適於實用，宜其徒之服從其教者，其於修己治人之術無一不出於私心，自是而不復求先儒窮理致知之實功，是其説雖名爲尊經，而其實則無非侮經、賊經，必使天下相率滅裂。夫尊經而後快，程子所謂正路之榛蕪，聖門之閉塞，其可不思所以正之而闢之乎？今我皇上崇尚經術，必以朱子爲法而遠近士庶無不翕然向化，昔人之邪説異論必不足以惑亂其心，然古今之立防必嚴之未然而遏之於未形。今當文學極盛之會而不預爲之，詳其辯而周其防，流傳日久，而矜奇好異之見未必不漸萌於其心，故吾之論尊經必求諸朱子之經學以正之，蓋所以禁人心之未然未形也。宣丞聞予言以爲是，誠足以仰承聖天子崇儒立教之盛心，而啓發吾遠方學者之所未逮也，其宜述之以爲吾郡尊經閣記。是閣郡守李侯贊元建於康熙四十二年，李侯既建是閣，以經倡率郡人，不久而去，則余今日之所以辭而闢之，使學者争相勸勉於實學，其殆有以成李侯教人之遺愛也夫。

重修元江府學記

吴自肅

武按：吴自肅，號克庵，濟南人，時督學雲南，於先生有國士之目。

元江有學肇自前朝洪武。其時滇土初開，首被聲教，雖僻處東隅，一易以衣冠文物即以中原無異，嗣後登賢書者踵相按續，以貞良而列於朝紳者稱濟濟。原其建興實以立學爲藉云，顧學所由建，治典在朝廷，而修廢舉墜惟人是賴，主持風會，前後同功。余校士東迤元江附於臨郡，己巳庚午兩巡拔其殊，尤要皆敦循茂雅，能以識養就乎型範之中，其最所賞異者曰馬生汝爲。恒來署中與數晨夕焉，生輒以桑梓風教爲拳拳叙修學之因而請曰：『德以輔世，首在作人。功以時成，言斯不朽。元庠之設久矣，勒諸貞珉，不敢自今失之。』余曰唯唯，表章而砥礪，不敢自余失之。夫元江外徼也，設學以來，消其凌厲恣睢之習，而歸於詩書禮樂之中，秉質而宣文炳然蔚然，媲美中原而益變乎，侏儷椎髻之衆學之爲功大矣哉！今幸值右文之朝，聖天子明燭萬里，興賢育才無遠無近，士子致身儒術而繹思乎！三物六行之原必有根本所托，爲天地氣化所培育，爲朝廷德教所漸濡，爲父兄師長所淘成，爲山川人物所彙聚，其於天下之故最重且鉅，顧可習而忘焉，履其地而勿省焉。名教將奚屬乎，宜馬生之拳拳勿釋也。余顧因馬生而傳示元江千里之區，各競競於馬生之所請者，不敢習而忘焉，履其地而深省焉，則元江之人文煌煌光大，不徒爲今日之象矣。考元江即禮社江自白崖繞蘭滄入郡，學宮在府署北，遥拱之如帶天馬，南峙棲霞，北枕玉臺，自樂諸峯環乎左右，地得其勝。歷明嘉靖中，重建門堂殿廡，像設禮器皆備，後毁於兵燹，本朝底定，漸次修葺。今戊辰，署府李君更其緒而擴之，閲半載而落成，規模整飭，燦然改觀，非舊日之廢馳。李君名成，奉天人，實主其事，然董戒之員，建置之署，與鳩工庀材之費都不暇考，而惟以馬生請先爲根本之説，存於表章砥礪之願云。

元江文昌祠記

吴自肅

元江舊有文昌祠，在儒學之左，創於明隆慶，再建於萬歷之初。鼎革時毁於兵，至今己巳，元庠諸生矢願捐力，闢而新之，肇於己巳冬，告成於庚午春仲。規模結搆焕然蔚然，前濬坡塘，周二百丈餘，亦勝觀也。蓋自聖朝聿新文教，雖在外徼，絃誦相接，彬彬鬱鬱，凡屬風教所關無不修舉，以全力完繕宮牆，而餘材爲此亦稱鉅麗，其山川形勝亦分宮牆之餘，概且不特山川之形勝也。鍾靈毓秀以滋培扶植於元江士者，亦與宮牆共此陰翊而默助焉。此馬生汝爲所以再請余記之，而余仍不敢辭也。稽諸文昌垂訓必以孝悌忠信爲先，此即四子六經之旨。孟子所云『其子弟從之，則孝悌忠信』是也。良士大夫誠能虔奉其訓，而不徒以土木之綵繪、俎豆之修列，爲神之所欽，則是生平所讀之書，在家所事之父兄，在國所事之君長，廣衆大廷之間，闇室屋漏之際，皆有所昭鑒，而敬惕戰懼，不敢稍違其訓，不異守洙泗之傳而覲宮牆之盛也。其維持風教豈有二哉？若建祠之工自有記之者，余不贅述也。